私もまだ
みつけて
いな
私をみつけた

Az
アズ

光文社

はじめに

「見えてますかー？　聞こえてますかー？」

その言葉ではじまるYouTubeのライブが、私の居場所だ。

チャット欄が「みえきこー」「見えてます～」「聞こえてますよ」という言葉で埋まったら、こう続ける。

「こんにちは、旅する占い師AZ《アズ》です！」


私は10年前、生まれ育った神奈川県の川崎から徳島に移住し、占い師になった。

今は、各種メディアでの運勢の執筆、占いを取り入れたライフスタイルブランドのプロデュース、そして「みえきこ」のライブ配信が、主なライフワークだ。

そんな私が書くこの本は、もちろん占い……ではない。エッセイである。

モデル、イラストレーター、占い師……と、これまで職業が変わり続けてきたカメレオンのような人間なので、変化することには慣れていたつもりだが、まさかエッセイストになるとは思わなかった。この本が、私のエッセイストとしてのデビュー作となる。

はじまりは、光文社の編集者、千《せん》さんからの1通のメールだった。短い文章の中にしっかりと熱を帯びたその言葉たちを、ここに掲載させていただくことにする。

「兼ねてよりAZさんのオリジナルな存在感に惹《ひ》かれておりました。どこかで一度お目にかかってお話をさせていただけたら幸いです。

〜中略〜

出版時期、内容など、すべて大切にご相談させていただきながら、AZさんらしい一冊をご一緒させていただける日を夢見ております」

「む……これはすぐ終わるやつじゃないぞ」

なんとなく、そんな予感がした。一体私は何を書くことになるのだろうか。

実際その予感は的中し、初めてのメールから刊行までに、実に2年という長い時間をかけて、この本はようやく日の目を見ることとなった。

エッセイ本を書くという未知の領域に踏み出すことは、「本当にできるかわからない……」と何度も不安を抱くものだった。そう思えるものに向き合う機会は、人生でそうそう訪れない。未知なる道はいつも、自分ではない誰かがそっと運んできてくれるような気がしている。

この本は「この本と向き合っていく過程」そのままを、包み隠さず書いてきた。意気揚々《いきようよう》と書きはじめたものの、ウェブで書いているブログや、占い師である私の断言調のクセが抜けなくて、夜中のラブレターみたいなポエム集になってしまったこと。

筆が止まり、「もう無理だ」と執筆から目を背けて逃げていたこと。

途中でパートナーと引っ越しについての長い論争がはじまり、もはやそれを書くしかないくらい、プライベートが揺れに揺れたこと。

すぐ誰かのせいにする私に、辛抱強く声をかけ続けてくれた人達の存在で、こうしてこの本を書き終えられたこと。

そして、泣きながらもう一度向き合った先に、本当の「私」がいたこと。

この本と過ごした時間は、決して楽しいことだけではなかったけれど、私を鋭く惹きつけ、人生にまた新たな道を示してくれたように思う。

YouTubeで明るくライブ配信をしながら、本をひっそりと1人で書き進めるのは、東京と徳島で2拠点生活をしているような日々だった。その渦中で、気がつけば「占い師」という鎧《よろい》さえ脱いで変化していった私のありのままを、どうか、あなたにその目で目撃して欲しい。

ところで、私は人生の大きな転換点に、決まって嵐がやってくる。パリコレ出演を決めた日もそうだった。そしてこの原稿を書いている今も、窓の外は嵐。

令和5年、初夏の嵐の夜。

なんだかいい予感と共に、この本の物語をはじめたい。

1章 自分のうまくいかなさを誰かのせいにして逃げるな

2章 引っ越し論争

3章
エッセイを書く生活

1章

自分のうまくいかなさを誰かのせいにして逃げるな

二番目に好きな人と結婚するところだった

「エッセイを書きませんか」

この本の担当編集者である光文社の千さんにそう声をかけていただいた時、

「えっ……！ いや、あの、占いの本はいかがですか」

と咄嗟《とっさ》に口から出てしまった。


私は占い師だ。とは言っても、今は鑑定はしていない。TVやウェブメディアに占いの連載を書かせてもらったり、YouTubeライブなどの配信活動をしたり、占いを取り入れたライフスタイルブランド「ATOZ」をプロデュースしたりと、占いをベースにした活動を色々楽しんでいる。

2020年に出版した1冊目の自著『数秘術の魔法』は、まさしく占いの本である。初心者でも読みやすい、というありがたいお言葉を多数いただけた。

とはいえ、私はまた占いの本が出したかったわけではない。実は、エッセイ本を出版することは私の長年の夢なのだ。高校生の頃から、かれこれ20年以上ブログを書き続けていた私にとって、まさに最上級の褒美とも言えるお話である。

「喜んでお引き受けいたします！」と声高に叫びたいところだが、人間、一番欲しいものを目の前に差し出されると、途端に足が震えて尻込みしてしまうらしい。

私がエッセイ？　占い師なのに。何を書くの。10年分の運勢とか？　ぐるぐる混乱する頭の中で、私は「二番目に好きな人と結婚すると幸せになれるらしいよ」という謎の恋愛神話を思い出していた。

人間、一番を選ぶのは怖い。それは好きな人でも、好きなことでも同じこと。手に入らなかった時、そしてもし失ってしまった時のことを考えると、それならいっそ諦めて、夢のままにしておいたほうがマシ！　自分の心を守る防御本能がそうやって働くのかもしれない。

しかし、二番目を選べば、気持ちは楽なのかというと、そんなことはない。そのまま自分を誤魔化《ごまか》し続けていると、やがて本当の一番がわからなくなる。実際「一番書きたいのはエッセイだ」という気持ちを誤魔化して向き合ってこなかった私は、この本を書き上げるまでに大変な苦労をした。

うまくいかないかもしれない、完成しないかもしれない……。一番を失うかもしれない恐怖で、頭がいっぱいになって、全く筆が進まなくなってしまったのである。なんなら危うく「このお話はなかったことに……」となりそうなところだった。危ない。


一番手に入れたいものから逃げるのは終わりにしよう。もし、手に入らなかった時は、思い切り泣けばいいさ。

私は、期待と不安で震えながら「エッセイ本を執筆する」という、未知の扉を開けることにした。

エッセイ

逃げてきた私へ

あの人が羨《うらや》ましい。
いつも輝いていて、全部うまくいってる。
素敵だな。私もあんな風になりたいな。

でもね、私にはできなかった。
続けたいのに、続かなかった。
変わりたいのに、変われなかった。

全部うまくできない。
何をやってもうまくいかない。
だから私って、ダメなんだ。

おーい
私は
こっち
だよ
バンバン
かがミ
みろっ
てー
いいなー
スゴイな
ぽち
ぽち
自分以外のモノばかり
見てしまうのよ

そうやって自分を責めてきた。

できない自分を見たくなかった。

だから、誰かのせいにして逃げるしかなかったんだ。


私はこのままで大丈夫かな。

でも、私はもう私から逃げたくない。

このまま終わるなんてイヤ。もっと何かできる気がする。

だからもう一度、よく見てみようよ。


私は、お天気雨みたい。

私は、可愛《かわい》い顔して中身はオジサン。

私は、七色に変化するカメレオン。

てんでバラバラ、とっ散らかりまくり。統一感なんてカケラもない、矛盾だらけのカオス人間。


やっぱり、素敵なあの人みたいにはなれないかもしれない。

でも、だからこそ面白いじゃない。
そんな矛盾も丸ごとぜんぶ愛したい。
これから先は、そんな人生がいい。
私は、私からもう逃げないよ。

走るな、止まれ

止まるのは怖いよ。
だって、みんな走ってるんだから。

タワマンの最上階という上を見て、同僚や同業者という横を見て、周りに評価されたり叱咤激励《しったげきれい》されながら時に抜いたり抜かれたりしながら正解のないゴールに向かって、みんな走り続けてる。

でも、私は止まるが勝ちだと思ってるよ。
止まってからが人生だ。

辛《つら》い辛いと言いながらも、走り続けているほうが気は楽だよ。
なぜなら、止まったら問わなければならないからだ。

走れ
走れ
何がしたいんだっけ
私って何者？
STOP.

自分は何者なのか。
なんのためにどこに向かって走っているのかを。
「え？　私、何やってたんだ？」って絶望するのもいいと思う。
絶望してからが人生だ。

止まるのは怖いよ。
だって、勇気がいるんだ。
何者でもない自分と向き合う勇気がね。

マクロとミクロ

今まで、何かを変えたければ遠くに行くしかない。
より大きなものを摑《つか》みに行くしかない。

そう思ってきたけれど、実は今あるものを見直したり、入れ替えたり、視点を変えたりするだけでも何かが変わるということを知った。

なんだ、それならば海外へ行かなくても、離婚しなくても、転職しなくても、人生を変えられるんだ。

何も大袈裟《おおげさ》なことをしなくていい。
私をやり直す手段はいくらだってある。
そしてそれは、そんなに難しくはない。

宇宙に出て、初めて地球が美しいと気づくか、部屋に差し込む朝日を見て美しいと気づくかの違いだ。

私は今まで、網目の粗いザルのような人生だった。大胆に動いてこそ何かを変えられると信じてきたけれど、今は目の前にある小さなことを大切にしたいと思う。

私のザルの網目を細かくしたならば、どんな日常の些細《ささい》な瞬間にだって、宇宙を感じられるのかな。

より大きな世界を捉えるマクロな視点、より小さな世界を捉えるミクロな視点。

人生には、この両方が必要なように思う。

どちらの視点も大切

自分だけの正解を信じる

世間では「これがうまくいく」と言われていても、自分の心が動かないなら、それは自分にとっての正解じゃないんだよ。

「もっとこうしたほうがいい」と言われても、できないものはできないし、「あなたにはこれが向いている」と言われても、やりたくないものはやりたくない。

それでいいんじゃないかな。

それでも自分の心が動くものを信じ続けられる人が、不正解を正解にする。
正解は探すものじゃなくて、信じた先に作り出すものなんだから。

気が変わる自分を信じる。

どれも自分なのよね

さっきまで晴れていたのに、突然の大雨。そして雷が落ちてきたと思ったら快晴！
……それが私の日常だ。昨日はＯＫだったことが、今日はＮＧになるのが通常運転。

明日はカレーを作ろうと材料を買い込んだって、明日になればラーメンが食べたいし、来週のお出かけの予定だって、当日になったら多分行く気力が失《う》せている。

決めたことを決めた通りにできないし、すぐに気が変わってしまう。そんな自分を責めてしまったり、人と比べてしまうこともある。それでもこうして毎日幸せに生きている。

大切なのは、気が変わる自分を責めないこと。
その瞬間の自分の心を信じること。
そして、自分に優しくしてあげること。

「なんでできないんだ」「飽きっぽい」って、自分を責めるのは終わりにしよう。

だって、その瞬間に真《ま》っ直《す》ぐ一生懸命じゃない。
私、よくやってるよ。

プロセスは重要だ。夢を叶えるよりも

「夢を叶《かな》えるためなら、プロセスは関係ない」そんな言葉を聞く。

目的達成のためなら手段は選ばないということだろう。それは確かに一理ある。

しかし、私は人生の一瞬一瞬が全て私らしいプロセスでありたいと願っている。

私の人生という映画が上映されるなら、どのシーンを切り取っても「ああ、私らしいね」と思える、そんな映画がいい。

それはつまり、人生の中で1分1秒でも私らしくない時間を過ごしたくないということだ。

嘘《うそ》をつかない、惰性で選ばない、無理をしない、やりたくないことをやらない、ということだ。だって、私に残された時間はあと数十年しかない。そんな貴重な命を「私が死んでいる時間」になんて、できやしない。

しかし、あらゆる情報が溢《あふ》れかえった今の世界では、目的を達成することよりも、

自分らしい
このプロセスが大事!
自分らしい!
自分らしい
らしくない…
らしくない
ムム…

自分らしい手段を選び続けることの方が難しいように思う。「流行を取り入れろ」「これが売れる」「バズる方法」……自分らしいかはさておき「私が死んでいる時間」を選ぶための手段は山のようにある。

日夜あらゆる人の意見に晒《さら》され、比べられて、どれが本当の自分なのかわからなくなることもあるし、〝大人の事情〟とやらで、自分らしくない選択を迫られることもある。そんな風に、目的のために手段を選ばない道は無限に用意されている。

乱暴な言い方になるかもしれないが、今の時代、夢を叶えることより「魂を売らない」ことの方が難しい。

「自分らしく生きる」ということは、言葉の軽やかさに対して、実際は厳しい道だ。

だから私はこう言いたい。

「プロセスは重要だ。夢を叶えるよりも」と。

人生の一瞬一瞬で「私らしい」手段を選び取っていくことはとても美しいこと。

それでもし、願った目的地まで辿《たど》り着かなかったとしても、いいじゃないか。これまで歩んできたプロセスを丸ごと愛することができるのなら、「自分らしく生きた」と思えるなら、最高の人生だったと胸を張って言えるんじゃないかな。

私は、愛すべき時間の1分1秒に誇りを持ってこう叫びたい。
「これが私の人生です」と。

猛獣女

「見て見て、この人素敵だよ！　フォロワー50万人だって！」

またどこぞのネットで見つけてきた情報を、鼻息荒くパートナーに見せるのは私たちの日常茶飯事《さはんじ》の光景だ。いいなぁ、私もこんな写真撮ってみようかな。モーニングルーティンもいいいね。YouTubeチャンネルの方向性はこんな風にしようかな！　と語りだすと、目を合わすこともなく「いいじゃん、やってみたら」と軽くあしらうのは、私のことをよく知っているから。またなんかはじまったぞ、という具合だ。

私はいつも「私」を探している。

東京で活躍している人がいると聞けば現地へ飛び、YouTubeで再生回数が伸びている人がいると聞けば端から端まで動画を漁《あさ》り、理想はこの人なんじゃないか、

クスクスできた!!
ホカァ…
スパイスガチ勢
もぞ…
入るな
朝までに上げるッ
ズバババ…
(1ℓ)
もぞ…
100/0の日々。

これが私の求めていた憧れの姿なんじゃないかと、ずっとずっと理想の「私」の雛《ひな》形《がた》を探してきた。

そして、私は何かと「枠」を決めたがる。

この本だってそうだ。例えば肩書きにはじまり、インスタのプロフィール、YouTubeの挨拶《あいさつ》文、そしてこの本の章立てや構成に至るまで、カチリと枠を決めたがって、何度も「自由に書いてくださいね」と言ってくれる編集者の千さんを困らせている。そして、決めた枠に沿って自分を動かしたいと思っている。「私はこういう人間です」という枠さえ決まれば、完全体のAZになれると信じ込んでやまないのだ。そんなのセルだけなのに。

しかし、自分で決めた「枠」なんて、結局作り物のハリボテでしかない。1日、また1日と経《た》つうちに違和感が拭《ぬぐ》えなくなって、最終的には自分で決めた枠を全部ぶち壊して飛び出してしまう。

自分の枠を決めたいのは、安心したいからだ。暴れ回る猛獣は手が付けられないから、檻《おり》に入れて「ポチ」と名前を付けて飼いたい。私を私の手中に収めておきたいのに、それができないまま、かれこれ数十年が経つ。どうにか飼い慣らしたいと願っているのに、自ら檻の中に入っては、壊してまたサバンナに駆け出していくというネタを延々と繰り返している。ならばもう、それを認めて生きていくしかないだろう。

よし、決めた。私はサバンナに生きる猛獣として、腹を括《くく》ることにした。

猛獣は、狩りに膨大なエネルギーを費やす。だから、それ以外の時間は無駄な労力は使わないように寝ていることが多いらしい。なるほど。締め切りギリギリにならないと本気になれない私、そのまんまじゃないか。

確かに私は、今この瞬間１００％「それだ！！！」と思わないと行動ができない。パワーも感情もその場で全てを出し切る。そして、それ以外は割と寝ている。うん、実に猛獣らしい。

しかし、困ったのはそれ以外だ。「今はそれじゃない」時は一切動きたくないし、何時間机の前に座っても、ただただ時間が過ぎていき、一行も筆が進まない。頑張ってやる、決めたからやる、ほどほどにやる、そんなコマンドは私の中から消滅しているようだ。

夕飯だって、１週間のうちに１度はクスクスとフムス（ひよこ豆のペースト）などのモロッコ料理を本気で作り出すが、あとの６日はご飯すら炊けない。部屋の片付けも、年に１度くらいは整理収納アドバイザーかの如《ごと》く収納の鬼になるが、あとの364日は物が無尽蔵に積み上がっていく。一緒に生活する人はたまったものじゃないが、我がパートナーは猛獣との共存方法を熟知しており、時たま発動する私の狩りの時間を面白そうに観察している。

多分、昔はこんな女じゃなかった。好きなことも、そうじゃないことも、もう少しバランスを取って生活していたはずだ。檻の中に入って「ポチ」のフリでもしていたのだろう。そんな私は扱いやすくて便利だが、もちろん狩りはできない。「今この瞬間100%」のミラクルは起きないのだ。もしかすると、平均点の女だったかもしれない。しかし残念ながら、今は100か0の猛獣女である。その生き方になってから、人生の密度は濃くなっていったように思う。通常なら3日かかるようなことも、調子がいい時は半日で終わる。

その時がきたらサバンナを本気で駆け回り、あとはゆっくりパワーを貯《た》める。何事も平均値を求められがちな世の中では、生きにくい面もあるけれど、正直、こんな自分は案外嫌いじゃない。

モノトーンの女

東京滞在中、打ち合わせや仕事を終え、丸一日オフの日があったので、渋谷から表参道をぶらぶらと歩いてみることにした。10代、20代の頃はよくアテもなく歩いていたけれど、徳島に移住してからは、東京に来るのは決まって仕事の時。なかなかこのエリアを歩くことなんてない。久しぶりに歩いた街は、統一された似たようなモノばかり目に入ってきて、そのことに少し嫌気が差していた。

最近の世の中はどこか、無味無臭だ。

ブランドショップのロゴは、どこもサンセリフ体のスッキリしたモノトーンに変わった。ショッピングモールで香水をシュッと一吹きすれば、どこかで嗅《か》いだ「ホワイトなんちゃら」みたいなおしゃれな匂いがする。アパレルショップの棚には似たような服が並び、コンクリート剥《む》き出しの天井の少し肌寒い店内には、昼間に入ったカフェと同じ音楽が流れている。そのどれもが、おしゃれで今っぽいものたち。

シンプルでスッキリに溢れたその様は、世界を丸ごとアルコール消毒したかのように見えた。

そんなことを考えながら、「Hey, Siri, 音楽かけて」とデバイスに声をかけると、「はい、わかりました。あなたにぴったりな音楽をお届けします」と自動で再生してくれた。よかった、今手が離せないので助かる。よく流れてくるおしゃれな曲のメロディを自然と口ずさむ。あれ、でもこの曲、私好きだったっけ？

ここ近年、私たちの生活はとても便利になった。

インスタグラムを開けば、いかにも私が好きそうな投稿が次々とおすすめされ、ストーリーズで流れてくる広告だって、「あら」と目に留まるものがピンポイントで表示される。YouTubeを開けば、昨日観たモーニングルーティンと同じような動画が上がってきて、見るものに困らない。つい買い忘れてしまうものだって、サブスクで家に届く。手をかけることなく、考えることなく、ただ生きているだけでいろんなものを自動でおすすめしてくれる。いちいち余計なことに頭を使わないで済むのは効率的だ。しかし、それと同時に存在するあの無味無臭さが、逆に鼻につく。

実際、ブランドのロゴがシンプルになった背景には、時代の流れ的な要因もあるかもしれない。スマホの画面で小さく表示される、SNSで瞬時にスクロールされる世界の中で、いかに余計なものを削《そ》ぎ落とすか、という風潮になっているのかもしれないし、情報過多な世界に疲れて、シンプル化しただけかもしれない。でもどちらにせよ、これは自動化された先に出来上がった、作られた「シンプル」に他ならない。

自動で「あなたへのおすすめ」がまず用意される現代は、選択の基準は「これがいい」じゃなく、「それがいい」に変わった。ヴィンテージショップで掘り出し物のワンピースを見つける必要もないし、国立国会図書館の膨大な蔵書の中から自分に合った本を探す必要もない。既におすすめされている「それ」の中から選ぶだけで完結する。

私の好きなものは何か、私は何者なのかといちいち迷うことなく「私」が自動で作られていく。なんせ、今は皮肉が込められた「量産型」なんて言葉もある。自ら進んで量産型のスタイルを選ぶ人もいるくらいだ。

自動化された時代はとても便利だ。選択をしなくていい。しかし楽である反面、少しずつ人間にあるべき本能が、血の滴《したた》るような野性が、奪われていっているような気がしてならない。自分の個性だと選んできたものですら、もしかしたらおすすめの、そのまたおすすめの自動化された先に選ばされているのかもしれないと思うと、今の自分は、本当に私なのだろうかと少し怖くなった。

「この人、素敵だよ」

そう紹介されて覗《のぞ》いたインスタグラムの画面には、確かに素敵な女性がいた。フォロワー数10万人。コメント欄には「いつも素敵ですね！」「今日もオシャレ！」と彼女を称賛する声が所狭しと並んでいる。リアルでは出会うことのないであろう素敵な人の生活が垣間《かいま》見《み》える世の中。彼女は俗に「インスタグラマー」と呼ばれる人だ。

フィードには自分のブランドの洋服を着こなしたモノトーンのコーディネート写真が並ぶ。微妙に隠された、美しい横顔。メイクを施された表情はどこかクールで、意図的に笑顔は見せないようにしているようだ。

523
10万
400
Shirokuro
fashion/TOKYO
@monotone Director
MONOTONE GIRL

真っ白で統一された部屋に、シンプルでミニマルなドレッサー。流行《はや》りのブランドの香水や、最近話題の新作リップが置かれている。鏡越しに写したセルフィーには、どこかで見たことのある絵画のプリントが、シンプルな黒のフレームに額装されている。今の時代を象徴するような、都会的で洗練されたモノトーンの世界で微笑《ほほえ》む彼女は、疑う余地もなく素敵でおしゃれな人、そのものだった。

彼女はどうやって、今の素敵な彼女になったのだろう。ふと興味本位で、過去の投稿をスクロールしてみた。1年前、3年前とスクロールして彼女の歴史を遡《さかのぼ》っていくと、まだ今のようにたくさんのフォロワーがいなかった頃なのだろう。「いいね」やコメント数も少なくなっていった。その先にいたのは、今の彼女からは想像もできないくらい雰囲気が全く違う、まだ無名の彼女だった。花柄のワンピースを着て、満面の笑みでピースをして写る彼女は、どこか表情もあどけなく、ファッション、写真の撮り方、言葉……全てがまるで別人だ。もちろん、好みや好きなものは変わっていくし、年齢を重ねればセンスも磨かれていくものだけど、それは明らかに「別人」のような気がした。3年前の彼女は今ほど洗練されていないが、私はなぜかその姿に、強い生命力を感じたのだ。

彼女は、自分で選択して、モノトーンの女になったのだろうか。それとも、自動化された世界の先に出来上がったのが、今の彼女だったのか。本物の彼女はどんな人なのか、私にはわからない。

私たちが生きる今は、とても自由な時代だ。しかし、人間は自由すぎる世界ではかえって制限を求めてしまうものだ。正解がわからないと不安でたまらない。みんな、「これならOK」を探しているのだ。

世界にはこれだけ選択肢が無限にあるというのに、なぜか、街には歩いている人も、置いてあるものも、似たようなものばかり溢れかえっていく。このまま、おすすめの、そのまたおすすめでできていけば、最後はみんな同じロボットのようになってしまう。

自動で私が作られていく時代に、自分をみつけ、決断し、選択をしていくのはとても難しい。今、鏡に映る自分は、本当に自分なのだろうか。

私の大切を、全部大切にする

「あぁ。もっと愛情が薄い人間だったらよかったのに」

私は時々、自分の感受性の強さを憎むことがある。誤解を恐れずに言えば、私は感性豊かで、愛情深い人間だ。それは素晴らしいことでもあるけれど、時に弱さにもなる。

「自分の気持ち、相手の気持ち、どちらか1つを選べ」と言われたら、真っ先に相手の気持ちを考え、優先するような人間だった。

「母が悲しむかも」「彼が反対するかな」

小さい頃から、いつも最初に相手の気持ちを考えるクセがあった。肝心の自分の気持ちは置き去りになったまま、自分の夢や希望と引き換えにしてでも、「大切な人の気持ちは大切なんだ」と、人間関係を構築する中で、そう学んできた。自分の気持ちを言えば、関係が壊れてしまうのだと。その歪《ゆが》んだ神話は、歳《とし》を重ねるごとに加速していった。

私はいつも、大切な人の気持ちを大切にした。

テストでいい成績を残したし、なんとか賞もたくさん取ったし、モデルになって、自慢の孫になった。派手だと言われれば地味にしたし、太ったと言われたら痩せた。20代で結婚をしたし、子供を産んだ。実家の近くに家を借りたし、孫に会いたいと言われれば毎日実家に顔を出した。仕事復帰してと言われれば産後すぐ仕事に戻った。人がいないと言われれば都内に通勤したし、売れろと言われれば売れた。料理もしないなんてと言われたらしたし、早く帰ってこい、子供がかわいそうだろと嫌味を言われたら、満員電車から降りるなり、駅から走って帰ってきた。

大切な人の気持ちは、私が生きていく羅針盤だった。相手が喜んでくれるのなら、自慢の孫だと言ってもらえるのなら。私の気持ち？　そんなものは後回しだ。

しかし、段々と違和感は募った。私は大切な人の「自慢できる存在」であるために、生きているのではないか……？

気がつけば、私はほとんど身動きが取れない機械のようになっていた。おかしい

大切な人を大切にしていたはずが
自分を見失ってしまった。

な？　大切なものが、たくさんあったはずなのに。守るものが増えすぎたのかな。自分の気持ちに折り合いをつけ続ける繰り返しの中で、私は自分自身を見失い、壊れてしまった。もう誰にも、会いたくなかった。

そんな私が、初めてたった1人で「自分の気持ち」を選び取った瞬間がある。仕事を退職して、実家と縁を切るように飛び出して、見知らぬ土地へ移住して、離婚して夫と子供と猫と離れ、1人になった時だ。誰にも応援されることのない、自慢できないような決断ばかりだった。

でも、私はそこまでしないと、自分の気持ちがもう何もわからなくなるところまで来ていた。私は「大切な人の気持ち」を全部置いて、自分の気持ちを探しにきたのだ。

もちろん、それは辛い選択ではあったけれど、「今もあのままでいたら……」と思うとゾッとする。私は誰からも自慢できない存在になって、初めて自分の気持ちを大切にすることができたのだ。

そんな両極端な「大切」を経た今の私は、「私の大切を、全部大切にしたい」と思う。

　どれだけ時間がかかっても、どちらかを選ぶんじゃなくて、どちらも大切にする。そうハッキリと言える強さは、全てを捨ててでも「自分の気持ち」を選び取ったから気づけた、私だけの宝物なのかもしれない。

　自分の気持ち、相手の気持ち、どちらも守りながら生きていける気がする。今なら。

2つの「おかえり」

土曜日の昼下がり、久しぶりに徳島駅前のスタバに1人で立ち寄った。空《あ》いている席はあるかと辺りを見渡す。なんだか、そこに座っている人達がみんな年下に見えるのは、気のせいだろうか。

店内で「あ、AZさん」と知人に声をかけられて、「こんにちはー」と挨拶を交わす。店の外に目をやると、これまた知人の家族連れが目の前を通っていった。

知り合いが1人もいなかったこの街に来てから、ずいぶん時が経ったことを実感する。今も同じ場所で同じコーヒーを飲んでいる私は、少しはこの街に馴染《なじ》んだのだろうか。

カフェでお客さんの占い鑑定をして、それが終わると、このスタバでコーヒーを飲みながらぼーっとし、ブログを書いて、Facebookに投稿する……。徳島に来てから、そんな毎日を過ごしていた。ここでできた友人や知人は、「東京から引っ越してきた占い師のAZさん」しか知らない。「私のこれまでを知らない人」しか居ないこの街は、どこか楽で、同時に少し寂しくもあった。

私はなぜ、徳島《ここ》にいるのだろう。その理由をずっと探していたけれど、今も答えはみつからない。でも別にいいのだ、それで。ここで生きている自分が好きなんだから。


私は神奈川県の川崎で生まれた。

都会で暮らしてきた日々を振り返ると、とにかく付け足してきた人生だったと思う。いい成績を収め、夢を追いかけ、流行に乗り遅れないように。

認められるよう、頑張った。今思えばそれは、自分らしさを作るというより、そこら辺で売っている装飾品で身を飾り立てていくような作業だった。それで自分が強くなったような気がしていたし、他人と比べて「私はまだ大丈夫」と言い聞かせながら生きてきたようなものだ。本当の「私」を知らないまま。


しかしそんな私も30歳を迎える頃、頑張り続けることの限界に達した。どれだけ頑張っても、誰からも認められた気がしなくなって、「ここで生きていくための正解」を求めすぎた私は、この先どこへ向かえばいいか、全くわからなくなってしまった。

「ここから消えたい」とか「全部やめたい」という感情しか湧いてこなくなって、自分の人生に何一つ感動できなくなってしまったのだ。

徳島に来てからは、都会で付け足していったものを減らしていくような日々だった。

実際、10年続けた仕事を辞め、なんのアテもないまま無職で徳島に逃げてきたようなものだ。仕事、家、お金、人間関係、家族、暮らし、これまでの生き方。私はその全てを置いてきた。

「徳島には何もない」と地元の人は言う。でも、都会の喧騒《けんそう》に疲れた私には、ここはとても魅力的に映った。まず、みんな急いでいない。ここではゆっくりと時間が流れていくような気がする。そしてどこへ行っても人が少ないので、駅でぶつかられたりとか、お店に人が並びすぎていて入れないとか、街で小さくイライラすることが減った。そして何より、徳島で出会った人達が本当に素敵だったこと。

お正月や餅つき、雛祭りをはじめとした季節の行事、そして田植え、潮干狩りと

TOKUSHIMA
TOKYO
ハーブのお手入れして
梅シロップ作ろ
思いっきりオシャレして
お買い物行こ

やりたいことも 着たいものも
変わることも 楽しんでいる。

自然を楽しむ暮らし。欲しいものは自分で作るし、壊れたら自分で直すという精神。そのどれもが、都会で暮らしてきた私には新鮮なことばかりだった。

都会の暮らしは大好きだったけど、いざとなったら何も自分でできない、人任せの消費者根性丸出しの生き方をしていたことに、私はここに来て初めて気づいたのである。私は徳島に来て、人生を自分で切り開いていくことの意味がようやく腑《ふ》に落ちた。都会と地方、街と自然、家族と単身。両極の中で自分を揺さぶるからこそ、何にも染まっていない自分がようやく見えてきたのかもしれない。

私は今も徳島に住みながら、月に1度ほど、東京へ行く生活を送っている。それは仕事のためでもあるけれど、単純にやっぱり東京が好きなのだ。

徳島から羽田に着くと「あぁ、帰ってきた」という気持ちになる。慣れ親しんだ都会の空気。人が多いから、1人で歩いていても悪目立ちすることなく、堂々とおしゃれして歩ける自由さは、やっぱり快適だ。そして「私の今を知らない人」しか居ないこの街は、なんとなく心を楽にさせる。

しかし不思議なもので、羽田から徳島に戻る時にも私は「あぁ、帰ってきた」とホッとする。空港に降り立った時の山や海の匂い。辺り一面真っ暗で、しんと静まり返ったあの風景。

あぁ、もう力を入れなくてもいい。自然体の私でいられる、良かった。心の底から安心できる瞬間。きっと、今の私にはどちらも必要だ。

2つの故郷に「おかえり」と言ってもらえることを、とても幸せに感じている。

私は、私を信じることにした

「自分軸」という言葉が嫌いだ。誤解を恐れずに言えば、そのほとんどはきっと、自信がない自分を律するために決めたハリボテだと思う。「自分軸を設定すれば大丈夫」と信じたいだけなのだ。だって実際、私がそうだったんだもの。

私は徳島に移住して、「占い師のＡＺ」になった。

活動をはじめてはや9年。私は時代の追い風を受けながら、グングン進んでいた。「自分らしく生きる」「自分を愛する数秘術」と手を掲げ、運勢や数秘を武器にして、書き、話し、「民衆を導く自由の女神」の絵画のごとく、自由を求めて強く気高く前進してきた。私は強くなった。

……そう思っていたけれど、この本を書き進むごとに、その強さはまやかしだったことを自覚する。あぁ、私はまたあるはずのない「自分軸」を設定していたのか。

私のハリボテっぷりは、本を書き進めると見事に露呈した。「占い師のＡＺ」が原稿を書くと、強く、堂々と、激しく刺さる言葉たちが並ぶのだが、しかし、どうしてもある程度のところでぴたりと筆が止まり、それ以上言葉が出てこない。何度書いても同じだった。いくら捻《ひね》り出そうとしても、それ以上出てこない。それでも締め切りはやってくる。私はギブアップ寸前だった。

原稿を提出すると、編集者の千さんからのコメントはいつも同じだった。

「自信を持って、原稿にもう少し向き合ってみてください」

「必要なのは自信だけだと思います」

そんなことを言われても。自信全部折れました。もう書けない。うまく書けない。どれもこれも気に入らない。あぁ、エッセイなんてやっぱり私には向いていないんだ！　私は、自分が書くものを何一つ信じられなかった。気がつけば「こんなの自分じゃない、嫌い」というギリギリのところまで、また来ていたのである。

人生って、意地悪だ。崖《がけ》っぷちまで来ないと本当の「私」が見えてこないようにできているのだろうか。今まで色んなものをぎゅうぎゅうに押し込めてたからみつからなかったんだろうけど、こんなギリギリまで来ないと、自分らしさを取り戻せないなんて。

神様。私はこの9年で、見知らぬ土地で奮闘し、ようやく「占い師のAZ」になったのです。やっと手に入れたそれを。それをまた、捨てろというのですか……！

神とは非情である。

こうして、私は「日常」しか書くことがなくなった。

もう、それしか残されていないんだけど。大丈夫ですか。

武器を持たず、装備も身につけないまま、裸一貫でこの本に向き合うことになった私は、そんな弱々しい自分の中から何が書き出されるのか、不安で仕方なかった。だって、私から占いを取ったら……何が残るっていうのよ！

もはや、やぶれかぶれに近かった。それでも、原稿と向き合う時間が少しずつ楽しくなったのは、この頃からだと思う。

何も役に立たなくていい。カッコよくまとまらなくていい。誰かに向けたメッセージも書かない。ただ、私が書きたいことを、読みたいことを、私が私を好きでいられるために、書くしかない。「占い師のAZ」は、もうそこにはいない。

私は、私を信じることにした。

これから続く2章は、その0地点からはじまった物語だ。

自由に生きる!!
旅する占い師のAZでーす
123
456
自信をもって下さい!
From 千さん
もう何もないよォー
!!
THIS IS ME

2章 引っ越し論争

引っ越し論争、序章

「ねえ、東京に引っ越そうよ！」

全ては私のこの一言からはじまった。

この本のお話をいただいてから実に1年半。この長く短い執筆期間は、私にとって「東京に住むか否か」をパートナーと話し合い続けてきた期間でもある。

人生とは「どこで、誰と、何をして、どんな風に生きるのか」で大方決まるものだが、そのうちどれか1つでも変えようものなら、他の部分もドミノ倒しの如くバタバタと崩れて変更を余儀なくされ、結局全てを作り替えることになるものである。故に大人になればなるほど、1つでも自分の人生の路線変更をすることは、なかなか面倒になってくるのだ。

私たちの話し合いも例外ではない。「住む場所を変えたい」と私が提案したことによって、私達は自らの仕事、家族、パートナーシップ、ひいては人生そのものに

占い師
元モデル
川崎出身
夜型
ハーブとスパイスがスキ
ヘタレ
キャンドルとお香がスキ
長い
広い
カメラマン
体育会系
徳島出身
朝型
焼肉とすきやきがスキ
ガマンづよい
家電スキ
Az
書いてる人
大ちゃん
パートナー

ついて深く考えることになった。

自分の人生に迷い紆余曲折《うよきょくせつ》している時は、当然気持ちも揺らぐ。この本はまさにその最中に進んできたので、書きたいことも、タイトルも、文章から滲《にじ》み出てくる性格さえも、目まぐるしく変わっていき、あら、ここまで来ちゃったのね！　というところまで来たように思う。実際、今の私が書く文章は最初に原稿に手をつけ出した頃とは全く別物だ。私が住む場所に悩み、人生に迷ってきたように、この本も同じような道を辿ってここまで来た。

そんな波乱に満ちた原稿執筆もいよいよ佳境を迎える、２０２３年春。

私たちを悩ませた引っ越し論争は、予想もしなかった結末を迎えることになる。

ここからは、そんな私の身に起きた話を、そのまま書いてみようと思う。この一連のことを経て、パートナーシップの絆《きずな》、そして私自身との絆が、より強くなったと思えるからだ。


さぁ、「東京引っ越し論争」はじまり、はじまり。

東京に住もうよ

私はパートナーと2人で暮らしている。彼の名前は大《だい》ちゃん。歳は私の2つ下。身長は私よりちょっと小さい（私が177センチメートルあるからだけど！）。体重は……ちょっぴり重い。徳島出身の彼は、家業の写真館を継いでカメラマンとして活躍している。センスよくリノベーションした自分のスタジオを持ち、今はロケだスタジオ撮影だと大忙しだ。

そんな彼と、川崎から徳島へ移住してきた根なし草の私。職業不定。占い師、イラストレーター、最近はエッセイストにもなりつつある私は、見る人から見ると、だいぶ怪しい。どうしてこの組み合わせ？　と自分でも思うのだが、不思議なものでウマが合う。そんな私たちは、一緒に住みはじめて3年が経つ。

話し合いの発端は、私が「東京に住もうよ」と言いはじめたことだった。

その理由は色々ある。例えば、私の仕事が軌道に乗り出し、ありがたいことに仕事相手や取引先の多くが都内になりはじめたこと。コロナ禍の真っ最中はリモートでどうにか繋《つな》いできたけれど、やっぱり直接会って顔を見て打ち合わせがしたい。

あとは、そうね。車が運転できないので（徳島に移住して免許は取ったものの、運転が苦手すぎて断念）どこに行くにも移動手段がなく動きづらいこと、コスメやお洋服をぶらぶらウィンドウショッピングしたいこと。

川崎生まれで、都内近郊で暮らしてきた私はいわば「都会育ち」だ。大体帰り道には駅ビル（ちょっと言い方が古い）に寄るのが相場。川崎駅の改札を出たら、特に用事はなくとも、ラゾーナの本屋さんへ直行し、無印やＬＯＦＴを歩き回り、バスソルトを買ったり服を見たりしながら、疲れたらお茶をし……そんな生活。しかし、「百貨店ゼロ県」としても有名な徳島では、そうはいかない。車でゆめタウンにも行くことができない私には、「なんとなくぶらぶら」ができないのだ。

今の私の行く場所といえば、もっぱら近所のスタバだ（最近できた。これは本当にありがたかった）。家とアトリエとスタバの往復の日々が続き、都会の刺激に飢えていた。

そんな都会育ちの私の「東京に住もうよ」という軽い発言は、地方で家業を継いで仕事をしている彼には重すぎたようだった。

「無理だよ」

これが大ちゃんの第一声。普通に考えたら当たり前だ。オンラインで仕事が完結する私にとってはどこに住もうが自由だが、彼は地元で家業を継いでスタジオを経営しているのである。簡単に首を縦に振るわけにもいかない。

とはいえ、私は諦めなかった。ここから、1年半以上に及ぶ「引っ越し論争」が幕を開けた。毎夜のように、話し合いが繰り広げられることになったのである。


私はまず、東京に興味を持ってもらおう！　と、徳島に足が埋まっている彼を根っこから引っ張り出し、土地勘を付けてもらうために都内を連れ回した。「ここが青山、そこから表参道に繋がってて……」「銀座はここのエリアが好き。買い物するならこの辺！　あぁ、でも住むならもう少し広々したところがいいなぁ」買い物に繰り出し、住むイメージを膨らませようとあらゆる物件の内見もした。東京タワーのオレンジの灯りが真横から差し込んでくる、無茶苦茶な金額のタワマンも見学した。住めるはずもないけど、ここは勉強だ。

彼は、まだ見ぬ東京ライフの可能性に心躍らせている面もあったが「今の俺には難しいと思う」とすぐに表情を曇《くも》らせた。私には、それが「私より故郷を大切にしている」ように思えて、嫌でたまらなかった。

彼は彼で、どうしても徳島にいたいわけではなかったが、家業の関係で今すぐ離れることはできないし、家族の思いも大切にしたいという希望があった。板挟みの中、私の希望を叶えられないことに、少しずつ自信をなくしていくように見えた。


ハッキリ言って、私は彼に全てを捨てさせようとしていた。私の考えを押し付けて、相手を自分の思うように変えようとしていたのだ。

全部やめて、東京に一緒に行こうと言っていたが、特別な策があるわけではない。私は宵越《よい》しの銭は持たないの精神で生きているので、「とりあえず行けばどうにかなるだろ」みたいなところがある。対して彼は「安心して動ける状況になったら行く」という。私たちは超フォワードとゴールキーパーみたいな相性だ。リスクを取って攻めろ！「怖いはGOだろ！」という私と、置きちゃん（置きに行くから）な彼の溝は、一向に埋まることはなく、本気で別れを考えることもあった（彼は考えていなかったみたいだけど）。

それくらい私は本気でずっと、東京へ行くのが正解だと思い込んでいたし、自分の現状、そして2人のこれからをもっと良くしていくには、それしかないと思っていた。

夜な夜な話し合いが続き、お互い疲弊してきた頃。引っ越しの選択肢は3つに絞られることとなった。
・私が1人で東京へ引っ越す（徳島にいる彼の家と2拠点生活をする）
・2人で東京へ引っ越す（彼が徳島での仕事を辞める）
・2人で今のまま徳島に住む
……この究極の3択だ。しかし、私は「2人で東京へ引っ越す」の1択で譲る気はなかった。1人で東京に住むのはイヤ。2人で行きたい。それを叶えるには、彼に望みを捨ててもらうしかないのだ。

それから何度も話し合い、泣いて、喧嘩《けんか》して、意見をぶつけ合ってきた。そんな私たちが最後に出した答えは「2人で今のまま徳島に住む」ことだった。

「東京に行くなら、もう少し、ここで頑張ってみようよ」

そんな彼の現実的な意見を私が了承できたのは、東京を諦めたからではない。私はそんな、物わかりのいい女ではないのだ。

1つは、このまま徳島に住むけれど、「引っ越しをして気分転換をしたい」気持ちが満たされたこと。今より広い家を探して、引っ越すことにしたのだ。今の家は1LDKで少々手狭。なおかつ、特に行く場所がないのが悩み。「なんとなくぶらぶら」ができるエリアへ引っ越せるのは、ありがたい。

そしてもう1つは、私がなぜそこまで「東京行き」に固執していたのかというと、私は彼に全てを捨てさせたかったのかもしれない、と気づいたことだ。故郷も、仕事も、全部。全てを捨てて徳島にやってきた私の経験を、そっくりそのままやってでも、私とこれから先も一緒にいるのかを試したかったのかもしれないなぁと。おいおい、怖い女だな。自分で引いております。

2人の間で人生の答えをみつけることとは、腹の中をとことんさらけ出すことが必要なのだと思う。もちろんそれはすごく大変なことだし、自分が恐ろしい女だと自覚することだし、仕事も手につかなくなるし、毎日元気がなくなるし……ひどく疲れる。できれば避けたい。しかし、自分も相手も大切にしようとするならば、人生の中でこうして本気でぶつかり合う時期は必ずやってくる。その「面倒」から逃げていては、2人とも幸せになる道は、現れないのだと思う。

相手の望みを受け入れずに自分の意見を貫き通すか、相手との関係を維持するため、本音を伝えないかの2択になる。つまり、相手を諦めるか、自分を諦めるかだ。

耐えろ
オレ‥
くっ…
モラムリィ〜
引っ越ししないと別れる
ウウゥ

そのどちらも諦めた末の「仮面夫婦」「別居婚」という選択もあるのかもしれないが、それは進んでも逃げてもいない、停滞だ。それならいっそ、逃げてもいい。それが結果として、進むことになると思うから。

この本が出る頃には私はもう徳島で新しい生活を送っていることだろう。人生についてとことん話し合い、お互いの仕事、家族、住む場所、私たちを取り巻く全てについて意見のぶつけ合いを重ねたからこそ、2人が納得いく道をみつけたこれから、全てのことがうまく流れていく、そんな気がしている。

そうそう、今になって思えば、元夫とも、もっともっと話す必要があったのだろう。

私が移住をしたいという前に、私が1人暮らしをする前に。これからどうしていきたいのかをもっとぶつかり合い、ぐちゃぐちゃになるまで話し合う必要があったのだ。残念ながら夫婦でいる間にそれはできなかったけれど、離婚の際には歌舞伎町の裏路地で取っ組み合うみたいなそれはもう激しい喧嘩を何度もした。言いたかったことは全部言い合った。だから元夫との関係は今でも良好で（元夫はどう思っているかわからないけど！）月に1度くらい、お互いの近況報告をしている。だから、元夫には、私とぶつかってくれて、ありがとうと伝えたい。
真のパートナーシップとは、腹の内を全てぶつけ合った後に訪れる。

前に進む予感

東京を一度脇に置いて、徳島内で引っ越すことにした私たち。夜な夜な物件情報を漁る日々がはじまった。このモードに一度入ると、私たちはなかなか抜け出せない。夕食の後、ソファに座り込んで探偵顔負けの調査がはじまる。

私たちは2人とも、興味を持ったらとことん調べ尽くさないと気が済まない性分だ。他にもやることはいっぱいあるはずなのに、納得するまで調べることをやめられない。こんな性格の人間が2人も家にいるのだから、そりゃ家は散らかるというもんだ。

この原稿を書いている今は、彼は食洗機の調査に全ての情熱をささげている。調査をはじめてから、はや2週間くらいだろうか。「もうなんでもいいから決めていいよ」と家電にあまり興味のない私が言っても、まだ首を縦に振らない。

「あれ、2LDKが空いてる」

この前内見に行って気に入っていたマンションの空室情報を眺めていると、先日はなかったはずの2LDKの部屋が掲載されていることに気がついた。立地もいいし、いいマンションだと思ったけれど、1LDKしか空いてなかった物件だ。すぐさま問い合わせの電話をかけ、その足で内見させてもらうことになった。こういう時の動きだしは速い。内見するや否や、私たちは満場一致で「ここにしよう！」と決めたのである。決まる時って、すんなりと決まるものだ。

そのマンションは、「成長」という、ちょっと気分が良くなる感じの名前を冠したマンションだった。「いいね、一歩進んだ感じ」「今の私たちにぴったりじゃん」新しいスタートに心躍らせながら、申し込み書類に目を通す。

今度の家は、家賃が今までより上がる。いわゆる「拡大引っ越し」だ。確かに、私はこれまで、引っ越しは自分を拡大させるためのものだと信じてやまなかった。

私の初めての1人暮らしは、実家のある川崎駅から蒲田駅へ1駅。そこから池上線を乗り継いだ小さな駅の傍《そば》にある6畳1Kのアパートだった。ハッキリ言って狭かったが、初めての自分だけの城に心が躍ったことを鮮明に覚えている。1階には大家さんがいて安心したし、家賃は封筒に入れて持っていくのもなんだか昭和感があって良かった。すぐ近くに老夫婦が営む昔ながらのお豆腐屋さんがあって、夕方ザルを持って買いに行くのがなんだか嬉《うれ》しくてウキウキした。

数年住んだ後引っ越したのは、横浜市の綱島にある1Kの新築アパートだ。憧れの東急東横線沿いである。真っ白の床と高い天井が可愛くて、即決だった。ここでの思い出は話せば長くなるが、部屋にお花を飾って、ベランダでハーブを育て、写真を撮ってブログを書いてキャンドルを灯すような今の私の生活の基盤ができたのは、この家だった。

そこに数年住んだのち、結婚が決まって引っ越すことになったが、この家での生活がなかったら、今の私のライフスタイルはないだろうと思う。

結婚して借りたのは、メゾネットタイプの2LDKの新築アパートだった。ここまでいい感じに拡大してきた。しかし、徳島に移住することになり、私は古いマンションの1Kの部屋を借りた。ここで初めて拡大が止まった。言葉は悪いが、「都落ち」ってこういうことか、なんて思ったことを覚えている。しかし、3、4年は住んだだろうか。古いマンション暮らしがイマイチぎこちない私を見かねた彼が「一緒に住もう」と誘い出してくれ、今の家にやってきた……というわけである。

引っ越しは、部屋が広くなるもの、家賃が上がるもの、成長したからするものだ

手作りの
祭壇
ベリーダンス
習ってたので
夜な夜な
れんしゅう
1人暮らし(20代)
今の原型ができた頃。

と思っていた。それは頑張った自分へのご褒美であり、成長の証《あかし》であり、これからまだまだ頑張りますよ！　という気持ちの表れだ。勲章のようなものだったのかもしれない。

今回引っ越すことになった家は、過去最高の家賃だ。「拡大引っ越し」以外の何物でもない。これまでも、引っ越す度に自分も拡大し、次第に家賃も払えるようになっていった。だから大丈夫だ！　と鼻息荒めに決めた物件だ。しかし、気になったのは、更新料の高さだ。なんだか異様に高い2年後の更新料に違和感を覚え、「この家は2年限定だね」と思わず口から出た。

この近距離での引っ越しは、東京引っ越しへの結論がすぐに出せない私たちのいわば〝踊り場〟である。煮詰まっている私の気分転換になるし、今2人が選択できる最善策だ。なんだかその「2年」という数字が妙にリアルに思えて、「ここから2年、お互い頑張ろう」と約束を交わした。満場一致。こういうところの気の合い方は、恋人らしいというよりビジネス・パートナーとしての結束感が強い。もちろん、ここまでたくさんの話し合いを重ねてきたからこそだが、公私共に団結できるパートナーを頼もしいと思いながら、私たちは意気揚々と申込書にサインをした。

なんだか前に進む予感がした。

やっぱりやめます

「審査が通りました」「やったー！」不動産屋さんからの電話に小躍りして喜ぶ私たち。川中島の戦いよろしく、長きにわたる引っ越し論争もいよいよ終わりに近づいていた。

新しい家は、今の家から少し離れているが、より便利なエリアになる。私が徒歩で行けるカフェも数軒あり、大ちゃんの職場にも近い。そして何より2LDK！部屋が1つ増える。ついに決まった引っ越しに落ち着かない私たちは、毎晩のように引っ越し先のエリアをウロウロと散策していた。

「このカフェにAZちゃんは歩いてくるんだね」「ここのランチUberで頼めるね！」「このネイルサロン行ってみようかな」引っ越しはまだ1ヶ月くらい先だというのに、気持ちの先取りに余念がない。いい傾向だ。あとは今の家の解約連絡と、引っ越し業者さんの手配と……やることが目白押しだ。

しかし、新しい門出にワクワクする気持ちと同時に、どこか寂しい気持ちもあった。やっぱり今の家も好きなのだ。コロナ禍の自粛期間の3年間を濃密に過ごしたこの家にはたくさんの思い入れがある。実はこのマンション、信じられないくらい住人がいい人達なのだ。マンションのオーナー一家、そしてここの住人達は、子供から大人まで様々な年齢の人が程よい距離感で交流し、建物にいい風が流れている。お花見やバーベキューをしたり、物々交換をしたり、中庭で集まってお茶をしたり。その様子に最初は驚いたけれど、もはや世代を超えた家族なのだ。自粛期間をストレスなく笑って過ごせたのは、きっとここに住んでいたからだと思う。

特に、ナカさんにはお世話になった。ナカさんとは、このマンションのオーナーファミリーのお姉さんだ。姉御《あねご》肌でとにかく面倒見が良く、人情に厚い。「AZさん玉ねぎいる？」と野菜を分けてくれたり、「たけのこ掘り行くけど？」とイベントに誘ってくれたり。めちゃくちゃ優しいのに、ちょっとぶっきらぼうなところが可愛い。そんなナカさんにはたくさんお世話になったからこそ、引っ越しのことはなかなか言い出せなかった。

「ちょっと、ナカさんには大ちゃんから言ってよ」「えー俺は無理だよー」引っ越しを打ち明ける役を、私たちは何週間も押し付けあっていた。そうは言っても、刻一刻と時間は過ぎていくのだ。契約の日が近づいてきたけれど、それでも言い出せないまま、この先やってくる引っ越しに、どこか現実味を持てずにいた。

いよいよ、物件契約の日がやってきた。私たちはワクワクと寂しさを同時に抱えながら、長い長い契約書に片っ端からサインをしていった。賃貸契約って、こんなに面倒だったっけ。ちょっと疲れた。

その時、外からドーンと大きな音がした。まだ2月だというのに、眉山《びざん》で花火が上がったのだ。「お祝いの花火かもねー」なんて言いながら、意気揚々と契約を終えた私たちは、季節外れの花火を眺めながら、達成感に包まれていた。いよいよ2年限定、拡大引っ越しのスタートである……！

その翌日、不動産屋さんに今の家の解約連絡をした大ちゃんは「この家もいい家だったよね」とナーバスになり、思い出話をしはじめた。まぁ、そうよね。私もそう思う。「そろそろ、ナカさんに言わなきゃねぇ」「……誰が言うの？」「……」

家の引っ越しが決まったとはいえ、解決していない問題はまだまだある。私のアトリエはどうする？　大ちゃんはこのまま働くの？　その辺には目を瞑《つむ》って、「とりあえず、今動かせるものだけ動かそう」と家だけを早々に決めてしまったけれど、さて、この先どうしようかね。

何はともあれ、まずはナカさんに引っ越しを伝えることだな。私たちは意を決して、ナカさんファミリーに引っ越しする旨を伝えに行った。

「あの、実は話があって……」

ゴニョゴニョと切り出す私と「……何？　夕方ならいいけど」と眉をひそめて怪しむナカさんのやりとりは、もはや放課後の体育館裏の出来事のようである。私たちはスゴスゴと退散し、夕方に体育館裏に再度向かった。そこで我々はついに「実は、引っ越すことになりました」と告げた。

「えええ!?　嘘でしょ！」その言葉を聞くや否や、ナカさんファミリー一同、ショックでひっくり返ってしまった。

私たちは賃貸物件のオーナー一家と借主という関係性だ。しかし、2023年の正月には一家の親族会に紛れ込んでヘタクソな手品を披露し、鯛《たい》のお刺身をたらふくいただいたほどの間柄である。ショックを受けるだろうなぁと思ってはいたが、その様子は私たちの想像を超えるものであり、なんだか物凄く寂しくなってしまった。

私は泣きながら経緯を説明したのだが、「カフェがなくてぇ」「どこにも行けなくてぇ」という私の引っ越しの理由は、なんだか自分で口に出してみて、実にアホらしいなぁと思った。

「まぁ、2年経ったらまたここに帰ってきたらいいんじゃない」そう言ってくれたナカさんの声に少しホッとした。引っ越す時って、こんなに暗い気持ちになるものだったっけ。なんだか寂しいけど、前に進むしかないね。

そんな矢先、大ちゃんが突然驚くべきことを言い出した。

「俺、仕事たたもうと思う」

「!?」

何かを動かすと、思いもよらないものが動くとは言うが、地元で家業を継いでスタジオを経営している大ちゃんが、こんなことを言い出すとは思わなかったぞ。もちろん今すぐにではない。でもそれは、仕事を辞めるつもりも徳島を離れるつもりもなかった彼が、確実に変わってきていることを感じるには十分な内容だった。

「この先違う仕事をしてもいいし、どこか別の場所に住んでもいいし。そんな人生もいいかもなぁと思って」その言葉に驚きを隠せない私は、なんだか肩の力が抜けた。あれ？　この引っ越しの目的、達成してるぞ。

…何？
あー
ナカさーん
NAKA SAN
チッ
あとで
みてろよ
サッ
引っ越しを
伝えに行った日

確か、私が東京に行きたかった理由はこうだ。「大ちゃんに全てを捨てさせたい。故郷も、仕事も、全部。全てを捨ててでも、私とこれから先も一緒にいたいのか？　おん？」という、脅迫めいた怖い女の一方的な主張だ。

そしてこれからの2年は「東京に引っ越すかを決めるまでの踊り場」として、互いに時間をかけて準備をする予定だったのだ。しかし、大ちゃんの中で何かが変わって、突然心の準備ができたらしい。私は呆気《あっけ》に取られていた。

翌日、賃貸情報のサイトを見ると私たちの家が載っていた。まぁ当たり前だ。昨日「解約します」と連絡をしたのだから。それにしても、引っ越しシーズンだけあって仕事が早い。しかし、私たちはそれを見るや否や、暗い気持ちだった原因がハッキリとわかった。「この家を手放したくない！」

「すみません、やっぱり解約やめます。だから載せないでください！」私たちは、慌てて不動産屋さんに解約中止の連絡をした。

すぐさま、2年限定で新しく契約した家にも「やっぱりやめます」と契約の破棄を申し出た。先日花火が上がった日、契約は完了していたのだ。「マ……マジっすか！」と担当してくれたお兄さんは驚いていたけれど、後日、契約は晴れて破棄となった。すでに支払い済みの契約金は戻ってこないけれど、2年住んだと思えば安いものだ。私たちは、むしろ清々《すがすが》しい気持ちだった。最後には、あぁ、引っ越さなくても良くなったのかとホッとしたくらいである。

「結局何がしたいの?」自分にそう問いながらも、毎日コロコロ変わる気持ちに必死についていった。引っ越しにブンブン振り回されていた。無駄だっただろうか。

いや、そうは思わない。一歩踏み出してみなければ、私の中にある本当の気持ちは、何一つわからなかった。私は、現実は何も変わっていないというのに、心は大きく変わったことをハッキリと自覚していた。これまで1年半にわたって話し合ってきた引っ越しのモヤモヤが、少しずつ消え去っていくように思えた。お騒がせしたそれぞれの担当者さんには、1人1人謝って、お礼を伝えた。

「家と私のアトリエを入れ替えたらいいんじゃない?」

ひとしきり不動産屋さんへの連絡が落ち着いた後、そんなアイデアを思いついた。なぜなら、私のアトリエは今の家から程近く、2LDKで、広さも申し分ない。灯台下暗しすぎるアイデアに、なんでもっと早く気づかなかったのか……と思うのだが、仕方あるまい。

「引っ越し、やっぱりやめることにしました！　お騒がせしてすみません」

2人で平謝りしながらナカさんに伝えに行った。すると「やったー！」とみんなが喜んでくれた。どうやら、私たちのお別れパーティまで企画していてくれたらしい。なんて家だ。手放さなくてよかった。ありがたくて泣けてくるじゃないか。

「もう2年経ったってことだね」

そう、きっと2年が経ったのだ。新居を契約し、お互い心の準備をしながら頑張り、2年後にここへ帰ってくるはずだった。そのくらい濃密な時間を過ごした私達は、もしかしたら時間を縮めたのかもしれない。

ナカさんとマンションのみんなは、嬉しそうに私たちを迎えてくれた。

私たちの「東京引っ越し」は「徳島引っ越し」に変わり、最後は家とアトリエの「入れ替え引っ越し」にめでたく落ち着くことになった。場所はほぼ変わらないけれど、引っ越しは引っ越しだ。

何かが終わって、何かがはじまる。そんな予感がしていた。

引っ越しをすると運気が上がる理由

TVドラマ「ゴーストライター」の中で、女性作家のアシスタントが、締め切りに追われながらコインランドリーで執筆するシーンがあった。それがなんとも印象的で脳裏に残っていたが、まさか自分にも同じ状況が訪れるとは思っていなかった。

昨日、洗濯機が壊れた。まだ買ってから3年の新しいドラム式である。

修理に1週間かかるというので、やむを得ずコインランドリーに行くことになった。めんどくさいことになったなぁと思ったが、次の瞬間にあのドラマのシーンを思い出し、「おっ、執筆してみよう」と思い立つと途端に行く気満々になるのだから、私ってちょろいもんだ。

我がブランドのスウェットを着て、隣のコンビニでカフェラテを買い、コインランドリーへ出かける。洗濯機を回している間、ちょっと座り心地の悪いハイチェアに座りながら、今この原稿を書いているところだ。

COIN LAUNDRY
1
2
自分でデザインしたスウエットをよく着て書いてた。
場所を変えるとなんだかオモシロイ。

東京引っ越しから、「入れ替え引っ越し」に落ち着いた私たち。そうと決まればすぐに実行だ！　と今週末には早速引っ越しをすることになった。家とアトリエは目と鼻の先なので、引っ越し業者には頼まず自分達と、マンションのオーナーファミリー、そしてご近所さんの手を借りることになった。

この頃、引っ越しの準備や片付けなどの理由で、2人とも家にいる時間が増えた。この家に来てからの3年間は、それぞれがそれぞれのスケジュールで仕事へ出かけ、夜になるとポツポツと家に帰ってくるという生活。どちらも自営業ということもあり、お互い休みがあるようでない毎日。〝家のことをする時間〟はなかなか取りにくく、段々家事から離れていき、食事も外食が多くなり、文字通り帰って寝るだけの生活になっていた。

「家は充電する場所」とどこかで聞いたことがあるが、私たちの生活といえば、まさに夜間充電するだけして、日中はほぼ充電なしで出ずっぱり。きっと、充電器である家のパワーがもうカスカスで壊れかけていたのだと思う。この頃、なんとなく家に活気がなくなって、それと同時に、家に対する愛着が薄れていくように感じていた。

人が住まなくなった空き家は、傷みやすくなるという。換気やカビなどの理由ももちろんあるだろうが、人がいなくなると、家に生気がなくなるということだと思う。私たちの家は、住みながらにして空き家化へと向かっていたのかもしれない。

そんな中、洗濯機が壊れたというわけだ。そこからは、めちゃくちゃ大変だった。何日分かまとめた洗濯物を担いでコインランドリーへ向かい、持ち帰るという一連の動作は、文字通り共同作業。「500円玉ないんだけど。千円札も!」「ねぇ、乾燥機30分もいる?」2人であーだこーだ洗濯について議論を交わすのは、大変だけどなんだか可笑《おか》しくて、微笑ましい時間だった。

不思議と、あれだけ引っ越そうとしていた家なのに、家にいる時間が増えると途端に家に活気が戻ってきたように思う。家事をするようになって、薄れかけていた愛着も戻ってきた。そして家に生気が宿りはじめると、自分のベースが整って、1日という時間の密度が濃くなったような気がした。

引っ越しをすると運気が上がると言われる理由は、もちろん場所が変わることによって、新しい土地のエネルギーを吸収できるということもあるが、実は大切なことはここにあるのではないか。

流れを変えたい時ほど、一度集まることが必要だ。人と物を、家という土台にぎゅっと集め、私たちのパワーを集中させる。まるで仕事がはじまる前に朝礼をするように、スポーツの試合前に円陣を組むように。一致団結する力は、その後の結果を左右する。きっと、家の中でもぎゅっと一度集まる時間が必要なのだ。だからこそ、それぞれが自分の持ち場へ出かけ、各々《おのおの》の力を発揮できるのだろう。

私たちも、散り散りになったパワーを家に戻している最中。洗濯機だって、我が家のチームの一員なんだから。修理から戻ってきたら、思う存分愛《め》でてあげたいと思う。

私とあなたのディスタンス

最近、なんだか毎日が楽しい。

これで花粉症じゃなかったら、もっと最高なのに！　2箱目の鼻セレブを手に取る。半分しか開かない目を擦《こす》りながら、冷蔵庫の中身を整理する。目と鼻の先まで迫った、家とアトリエの入れ替え引っ越しに備えて、片付ける日々が続いている。生活にメリハリがつくと、仕事もぎゅっと時間を凝縮して終わらせようという気になる。

ここ数年間の私の生活といえば、朝は遅く起きて、そこから夜までは自分のペースで仕事をする。午後7時きっかりにパートナーから「ご飯どうする？」と電話がかかってくるまでが私の時間だ。

普段から人と会う予定が多いわけじゃないので、ほとんどの時間を1人で仕事に充てている。とはいえずっと1人。やることは多いのに気持ちは暇で、どこか矛盾しているし効率が悪い。人間、1人でいれば誰かといたいと思うし、誰かがずっといると1人の時間が欲しいと思う。ワガママだとも思うが、多分この問題は一生続く。どちらかのバランスを崩すと、自分が壊れていくような気がするのだ。実際、今回の引っ越しの件だって、このバランスをどうにか取り戻したかったからだ。どうにか解決したくて、気分を変える場所がたくさんあるエリアへの引っ越しを望んだ。しかし、今は生活のバランスがちょうど良くて、あの〝乱〟は一体なんだったのだろうと思う。本当に、一度引っ越して2年が経過したかのように思う。

2人とも午前中にある程度の仕事を片付け、お昼はコインランドリーに行きがてら、近所のファミレスに出かけることにした。2人でファミレスでランチなんてしたことがない。そもそも、平日に近所でランチをすること自体がなんだか新鮮だった。調子に乗って「カレークリームのパスタ」という謎のメニューを頼む。

私は基本、1人だと決まった店で決まったメニューしか頼まない。それは普段の生活でも、海外に行ったって同じだ。インドのジャイプールに1週間くらい滞在した時は、気に入ったインド料理店のカレーを毎晩食べに通って店員を驚かせたくらいだ。

でも2人だとなんだか新規開拓も厭《いと》わず、普段選ばないようなメニューを選んだりするから不思議だ。

注文するや否や、お互いなんとなくスマホをサッと開く。彼はドラクエである。こういう空き時間には十中八九、ドラクエのゲームをしている。夜、家に帰ってくると必ずと言っていいほどドラクエを開いているもんだから「スマホ依存症なんじゃないの!?」と怒り散らしたことは数え切れない。ただ、私の目を見て話して欲しいだけ。別にドラクエに恨みはない。私もスーファミの時までは全部やってたし。

私はなんとなくSNSをチェックする。「ところで、SNSはチェックしないの?」

以前から、彼のSNSの見なさ加減には目を見張るものがあった。だって、私のインスタのストーリーズさえほとんど見てないのだ。彼は、「朝と夜に1度しか見ない」と言っていてびっくりした。私はといえば、1日に何度も無意識に開いてしまう。「AZちゃんの方がスマホ依存症なんじゃないの」と言われてドキリとした。確かにそうかもしれない。

人を見てしまう。着ているもの、買ったもの、考え、フォロワー、仕事、家族、生き方、人生。SNSは人の人生の宝庫だ。参考にすべきキラキラしたストーリーがたくさん詰まっている。それは時にほっこりした気持ちになることもあるし、モヤッとすることもある。いろんな情報が無造作に飛び込んできて制御ができない。そしてその度に、私は自分と比べて落ち込んだり、嫌な感情が全身を支配したりする。本来関係ないはずの私の1日に、少なからず影響を及ぼす。

「人のことってなんか気になっちゃうんだよね〜」と言う私に、「ふーん。俺は興味ないよ（即答）」そう返事をする彼は、どうやらボスキャラを倒したようでニヤリ顔をしている。「えー、どうしたらいいのよ」私は割り切れない感情にモヤモヤしたまま、カレークリームのパスタを流し込んだ。

ファミレスを出て、コインランドリーで乾燥機をかけている間、置いてあった雑誌を手に取った。スマホは出さない。だって、私はスマホ依存症じゃないんだから。

AM6：00　起床

AM6：30　朝食（トースト、フルーツ、ヨーグルト）

AM7：00　身支度

……手に取った女性向けの雑誌のページには、いろんな人の1日のスケジュールやカバンの中身が事細かく、びっしりと書かれていた。大ちゃんだったら「どうでもいい」と一撃でページを閉じる内容だよなと思いつつ、私は結局、そういう人の動向や人生を垣間見るのが好きなのだ。しかし、SNSと違ってなぜか雑誌にはそんなに嫌な気はしなかった。むしろ、なんだかワクワクする。何が違うのだろうと考えたが、これは距離感の問題なのかもしれない。SNSでは、手が届きそうに見えるからこそ、〝そこまでできていない〟自分との違いに、焦燥感を抱いてしまうのかもしれない。

乾燥機からふわふわのタオルたちを取り出し家路に就くと、ご近所さんと遭遇した。

「AZさん、チョコマフィンいらん？」「いります！」焼きたてをお裾分けしてもらい、ほくほく顔で家に帰る。嬉しい。チョコがまだ溶けているほどの熱々のマフィンを頬張り、そのまま昼寝をしてしまった。いろんなことを考えて疲れ果てたのか、気がついたら夜だった。

しばらく前まで「もう人に会いたくない」と拗《す》ねていた。人を見すぎて、そして自分を見せすぎて、疲れたのだ。私はここ数年、ずっとオンラインの世界に身を置いて活動をしてきた。それは多くの出会いがあって楽しい反面、いつも不特定多数

何してんだ
…
ドラクエ
どうぞご自由にお持ち下さい
ドーーン
TAKE FREE
フリー素材〜

の目に晒されるマジックミラーの中のような世界。どうしても「人」を意識してしまう。もっと見られるようにならないと。もっと人気の人を見習わなければ……。数字があからさまな世界で人を意識しないでいられるほど、私は強くなかった。

そしてどうやら、私は他人に心を許しすぎてしまうクセがある。そう気づいたのは、割と最近だ。いい意味で捉えれば、旧知の友でも、知り合ったばかりの人でも、誰にでも同じように分け隔《へだ》てなく接することができる。しかしその反面、自分の悩みや弱さもすぐさらけ出してしまうので、傷つくことや裏切られたような気持ちになることも多い。要するに、人間関係の距離感がうまくとれないのだ。

心を開くってていいものじゃない？　なんて生半可なものではない。開きすぎて、「もってけドロボー！　内臓もどうぞご自由にお持ちください」みたいなフリー素材になってしまう程の開きっぷりだ。そして気づいた頃には、私は食べ終わったアジの開きみたいに骨1本で横たわり「そんなに持ってていかなくてもいいのに……」なんて悪態をついている。

私は自分を見せすぎてしまっているし、誰かを見すぎてしまっている。つまりそれは、自分を誰かに好きになってもらわないと、私には価値がないという気持ちの裏返しだったように思う。そして、そんな「取った取らない」の経験をする度に、

「もう誰とも会いたくない。心を開くとロクなことがない」と自分を閉ざしてきた。扉を開きすぎて、傷つくと固く閉ざす、の繰り返し。貝である。あぁ、でもこの本だって、心をパカッと開いてしまった。これまで書いてこなかったようなことも、書いてしまったぞ。でも、なんだか今は気持ちがスカッとしている。

　本という世界を通して、私とあなたの距離感が、いい感じになれたらいいなぁと思っている。スマホの通知は少し、オフにしておこう。

カラフル男子

淹《い》れたてのコーヒーを持って、部屋の中をウロウロと歩き回る朝9時。まだこの家での定位置が決まっておらず、ダイニングテーブル、ソファ、エスニック調のラグの上、鏡で囲んだドレッサー、いろんな場所に座りながら、今日はどこで原稿を書こうかと考えているところだ。しかし、家が広いなぁ。

私の家が広くなったのは、つい昨日のことだ。家とアトリエの総入れ替えがはじまったのである。ご近所さんに手を貸してもらい、冷蔵庫やダイニングテーブル、大きなソファなど、ほとんどの家財道具を入れ替えた。壊れた洗濯機はそのままだけど。

我が家のご近所さんたちは本当にいい人ばかりで涙が出る。オーナーファミリーが引っ越しを手伝ってくれる家なんて、なかなか聞いたことがない。結局、大人子供合わせて7名が手を貸してくれて、1日はかかると思った作業が午前中いっぱいで瞬《またた》く間に終わった。来週は、手伝ってくれたみんなと食事会をする予定だから楽しみだ。

引っ越しが一段落した午後、荷物がすっかり入れ替わった元我が家に入るなり、「もう違う匂いがする」と大ちゃんが言った。確かに、ここはもう私たちの「家」ではなくなった気がした。私たちの家だった場所は、3年前に大ちゃんが借りてくれた。

当時の私は、主な収入源であった占い鑑定をやめて、YouTubeでの発信に舵《かじ》を切った頃だ。まだ何も軌道に乗っておらず、私はいつもギリギリの生活だった。徳島市内の古い1Kマンションでの暮らしは、電気が止まって突然真っ暗になることもしょっちゅう。電気が止まれば当然ネットも止まるし、スマホの充電もできない。夜中に充電がなくなって、翌朝のセッションの時間にアラームがかけられないとか、電話がかけられなくて、コンビニのフリーWi-Fiスペースにビデオ通話をかけにいくこともあった。今思えば、よく生きていたなぁと思う。

そんな私の様子を見かねて「一緒に住もうか」と借りてくれたその家は、1LD

Kでこぢんまりしているが、天井が高くて明るく、風も通る気持ちいい部屋。それまで出入り口に頭をぶつけながらぎゅうぎゅうに住んでいた私にとって、天国だった。

「インテリアは白で統一しよう」と彼が言った。服にしてもインテリアにしても、大ちゃんは「モノトーン」、私は「カラフル」というのがお決まりだ。大ちゃんはカラフルが嫌い。おまけに、占い的なものも嫌いだ。どうやら、私は彼が嫌いな要素をたくさん持っているらしいのだが、なんで付き合っているのか、謎が深い。

私は「真っ白って、病院じゃないんだから」と悪態をつきながらも、彼のご希望通りにリビングのクッションから寝室のカーテンに至るまで、全て真っ白で統一した。せめてもの抵抗で、お皿やマグカップにピンクやグリーンをちりばめながら。

ここに住みはじめたのは「自粛期間」がはじまる直前。ラッキーだった。あのまま古い1Kマンションで1人自粛期間を過ごしていたら、私は今頃病んでいたに違いない。バタバタと引っ越しを終え、我々の同居生活は「ステイホーム」と共にスタートした。

2人で生活をしながらも、私は仕事場もここである。ホワイトボードを使ってYouTubeライブをしたり、原稿やイラスト描きの仕事もそこで続けた。とはいえ、こぢんまりした1LDK。ライブをしていると真横からいびきの音がしてくるので、そういう時は「ちょっと待っててくださいねー」とライブを中断して、寝てる大ちゃんをちょっと揺すって起こし、いびきを止めに行っていた。今考えるとひどい。そんな生活が続くにつれ、2人での暮らしと仕事をこの家で続けるのは難しいのではないかと思いはじめた。そんな矢先、たまたま素敵な物件を見つけてしまったのだ。

「アトリエを借りようと思う！」私がそう高らかに宣言したのは、新しい家に住みはじめてわずか1ヶ月後のことである。判断が早い。いや、ギブが早いと言おうか。お金がないから家を借りてもらったはずだったが、そんなことは頭から吹っ飛んでいた。家賃は自分で払うと決めて、借りた。大ちゃんはあり得ないといった顔で「もっと先でもいいんじゃない？　2、3年後とか」と言ったが、それはこの原稿を書いている今のことだ。決断は早い方がいい、と過去の自分から教えてもらっている気分だ。

結局、私は反対を押し切って、引っ越してわずか1ヶ月でその部屋を契約してしまった。なんとそこは2LDKで、家より広かった。お金は一体どこから出てきたのか、謎である。呆《あき》れた大ちゃんは「カラフルはそこでやってね。この家に持ち込まないでね！」という捨て台詞《ぜりふ》を残し、渋々承諾した。

やっと手に入れた自分だけのアトリエ。真っ白は家だけで十分だ！　思う存分カラフルにしてやるぜ！　と意気込んで、私はアトリエ作りを楽しんだ。ピンクのデスクチェア、インド製のカラフルな柄ラグ、淡いブルーのソファ。2人で住む家は真っ白だけど、私のアトリエはカラフル。それはまるで私たちそのものを表しているような空間だった。そんな2つの場所がひっくり返ることになるなんて、想像もしていなかったけれど。

「うん、いい感じ！」部屋の総入れ替えを終えて、私のアトリエだった2LDKの部屋は、私たち2人の家になった。カラフルな空間をそのまま生かしたインテリアだ。エスニック調の赤いラグ、ピンクとイエローのチェア。掃除をする私の横で、大ちゃんは「俺、カラフル好きなんだよねー」と言いながら、レモンイエローの棚に自分のメガネや時計などをいそいそと並べている。あれ、カラフルは嫌いじゃなかったっけ。

よくこうやって
帰ってくる
カーテン
青…赤…
ピンクの
イス
仕上がってきた
カラフル男子

私と出会う前の大ちゃんの好きだったものは、モノトーン。ドライフラワーやアンティーク。嫌いだったものは、占い、生花、カラフル。おいおい、それ全て私じゃないの？　と突っ込みたくなる。しかし今は立派に占い師の私のサポートをし、自ら花屋さんに行って生花を選び、「カーテンはブルーにしようよ」と、追いカラフルをしてくる男子に仕上がった。いい具合に、私の影響を受けている。

では、私が彼から影響を受けたものはなんだろうか。それはきっと、上質さや高級感という「質」かもしれない。私は典型的な「安物買いの銭失い」で、安くてチマチマしたものを買い求める初期投資ができない女である。上質でお高い家具や家電なんて恐れ多くて、手が届く範囲でちょこちょこ物を増やしがちだ。

そのせいか、これまでは同じカラフルな部屋と言っても、どこかキッチュな雑貨店、もしくは専門学生の部屋といった雰囲気から抜けきれてない感じだったのだが（それはそれで好きだったけれど）、最近の私のカラフル具合は「あら、ここはパリの売れっ子デザイナーのアトリエかしら？」と見間違う日もあるほどなのである（自画自賛！）。

一緒に住んだ3年間で、私たちはお互いに影響を受け合ってきた。大ちゃんが上質でスマートな家電を持ち込み、私はピンクだ黄色だとカラフルな色を持ち込む。それをお互いに認め、称《たた》えあえるようになった。

パートナーシップとは、嫌いだったものを好きに変える力があるのか、それとも、未来の自分の可能性を持った人に出会うものなのだろうか。この先、この新しい家で私たちにどんな化学反応が起きるのか、楽しみでならない。

カーテンは、ブルーにしようかな。

特別な普通

朝起きてすぐに窓を開け、お気に入りのルームウェアに袖を通す。

やかんにお湯を沸かし、最近お気に入りの「えんめい茶」をたっぷりと煮出す。香ばしい香りが部屋中に広がってきたら、まずはお米を研ぎ、続いてコーヒーの準備に取り掛かる。コーヒーを飲みながら、昨日の配信に付いたコメントに目を通すのが至福の時間。こういう交流が一番の醍醐《だいごみ》味なんだよね。唸《うな》ったり、笑ったりしながら1つずつ「いいね」を押していく。顔を洗って肌の保湿をしたら、軽く部屋の掃除をする。仕上げにキャンドルを灯し、その火でお香を焚《た》く。

炊き立てのご飯に、たくあんと納豆、日によって梅干し。そして煮出したばかりのお茶。朝はシンプルな粗食が好き。午前中はリビングでそのまま原稿に取り掛かる。アトリエに行くのは、気分が乗ってきてからでいい。お昼は無印のレトルトのキーマカレーがあるからそれを楽しみにしておこうっと。

これが新しい家での私のルーティン。私はここに引っ越してから、ルーティンを作るのが楽しいことを知った。生活に決まりがあると「生きている」という実感を持てるのかもしれない。

これまでの私は、起きる時間も食べるものも決まったルーティンがなく、その日暮らし決定版みたいな生活だった。それは自由気ままで心地いい部分もあるが、歳を重ねてきたせいか、段々落ち着かなくなってきた。例えばこんな感じだ。

起きる時間は大体昼頃。その日の気分や体調によってバラバラだ。起きてからエンジンがかかるまでが一苦労。やることをなかなか片付けられないまま、時間が過ぎていく。それでも夜7時になると必ずルーティンの守護神、大ちゃんから電話がかかってくるのだ。「終わったーご飯どうする?」そこで初めて「やば。今日何もしてないじゃん」と我に返る。「何も終わってないからご飯作れないよ〜」と泣きついて、大ちゃんに夕飯の支度を任せる。私はその横でどうにか終わらせようと必死に仕事をし、朝方眠りにつく……(そして6行前に戻る)。大体そんな生活である。大変お恥ずかしい。

そんな中、この新しい家での生活は、私に大切なことを教えてくれそうな予感がしている。

梅干しは
はちみつ派
炊きたては
イイよね…
じゃがいもの
みそ汁が
スキ
やっぱり
ウチのごはんが
1番ねェ
ふつうのごはん
LOVE
というセリフを
言う年に
なってきた。
ホゥ…

「本を書くから、YouTubeしばらくしません！　家事もあんまできないかも！」この本の執筆もいよいよ本格的になってきた頃、そう宣言した私に「本をたくさん書きたいなら、毎日続けられなきゃダメじゃない？　普通に毎日の生活の中で書いてみなよ」と、守護神は冷ややかにありがたいお言葉を言い放つ。

何でも「特別」じゃなくて「普通」の習慣にする。そこからが本当の勝負なのだと彼は言う。うう、一番痛いとこを突いてきた。まさに図星ですわ。

誰だって、日々の練習よりW杯に目を奪われる。そりゃそうだろう。でも、あの輝かしいW杯という舞台は、日々の練習、努力があってこそなのだ。そんなこと頭ではわかっていても、私はすぐ「普通」を捨てて「特別」なことをしてしまおうとするんだよな。

大ちゃんと付き合うことだって、そうだった。たまにデートする特別な時間を楽しむのが恋愛でしょ、所帯染みない方がいいよ。そう思ってた。

でも、同棲《どうせい》や結婚となったら、途端に毎日顔を合わせることが当たり前の日常になる。私がずっと一緒に住むことを拒んでいたのは、恋愛という「特別」が「普通」の日常になることを恐れていたからなのかもしれない。でも、そこからが本当のはじまりなんだよね。

30代の私は「自分らしく生きること」を探して、ひたすら旅をしていた時間のように思う。私は自由になりたかったし、特別な何かになりたかった。そのために、うっすら先が見えていた私の人生という「普通」を捨てて、「特別」な人生を追い求めてきた。

毎日同じトーストよりも、海外で毎日違うホテルの朝食を食べたかったし、クローゼットの中の同じ服を何年も着るより、あらゆる衣装を着てみたかった。いつもの顔ぶれで同じ会話をするよりも、世界中の人と刺激的な会話をしたかった。

しかし40代が近くなった今、私は自分が捨ててきた「普通」を丁寧に拾い集めている。これまで自分の人生にいらないと思ったものは、全て私に必要なものだったと、今頃気がついたのだ。落ち着いたとか、丸くなったとか、そういう見方もあるかもしれない。でも私は、「特別」の中にある「普通」を見つけたのだと、そう思っている。

原稿を書いていると、「ちょっとテーブルでも見に行かない？」と彼が言い出した。こういうお誘いはいつも突然だが、急展開は嫌いじゃない。こうと決まったら私たちは早い。すぐさま車を走らせて、インテリアショップへと出かけた。

ダイニングテーブルを一通り眺めた後、帰り道に私のリクエストで本屋さんに寄った。二人で本屋さんに出かけることなんて滅多《めった》にないから、なんだか特別感がある。彼はあまり本を読むタイプではないので、本屋さんに来ることもほとんどないのだろう。そのまま私の後をぬん……とついてきた。

「私の本、どのコーナーに置かれるんだろうねぇ」ズラリと並ぶ書棚を繁々と見つめながら問いかける私に「んー、ここじゃない?」そう言って彼が指さしたのは、時の人が並ぶ「YouTuber」のコーナーだった。「え〜それはちょっと違うんだけど!」

私たちは笑いながら帰路に就いた。時にはこんな突然はじまるデートもいい。

引っ越しという特別がそろそろ終わり、また日常がはじまろうとしている。願わくは、この本はエッセイコーナーに並んでいて欲しいと思っている。誰かの普通の日々の片隅に、そっと寄り添う本でいたいのだ。

いい相性の作り方

「今年は10年に1度の飛散量です」

そんな花粉症ブームに乗って、いよいよ私も本格的にデビューしたらしい。めでたくない。スプレーやマスク、塗り薬や鼻うがいと万全の対策をし、薬も飲んでいるのだが、かなり厄介だ。良くなるどころか、症状はどんどん悪化して、匂いがしないし目も開けられない始末。連日の引っ越し疲れもあり、私は心身共に限界が近づいていた。今日は前々から大ちゃんと2人で仕事をする予定だったので、こうしちゃいられない。

「ちょっとお願いがあるんだけど、漢方薬局へ連れて行ってくれる？」

いいよ、と彼は二つ返事で承諾。花粉症に効く漢方を処方してもらいに、車で出かけることとなった。でもその前に、お腹《なか》が減ったからスタバで朝ご飯を食べよう、ということになり、いざお店に入ろうという直前のことだった。「あ、ドライブスルーでいい？」と言うもんだから、花粉症でぼーっとしていた私は「え？　いい……けど」とつい口走ってしまった。

あなたはスタバのドライブスルーをご存じだろうか。私は徳島に来てからその存在を知った。最初こそ「スタバは店内で飲むものでしょ」と鼻で笑っていたけれど、だんだんこの快適さにハマってしまったら最後。引っ越してきた都会人は最初みんな同じ反応をするが、気がつけばドライブスルーの通になっていくのである。

でもね、ごめん！　私も通だけど、今日は店内の気分だ。モヤモヤしながらアールグレイティーラテを注文し、会計のタイミングだ、という時になって「やっぱり店内がいいな」とボソリと呟《つぶや》いた。

ちょっとでもモヤッとしたことはその場で伝えることにしている。これを帰り道とか夜まで持ち越すと、恨みモンスターにまで進化していくことを知っているからだ。胸に残した想いは消えることはない。モヤモヤはイライラとなり、恨みに変わり、いつかその人が「嫌い」になったり「会いたくない」という思いにまで繋がってしまう。

しかし面白いもので、モヤモヤはちゃんと口に出せばどこかへスッと消える。それをわかっていても、その後のめんどくささを考えると、ええい、胸にしまっておこう、となるのが大人というものだ。しかし私はどうやら大人ではないらしい。今日は花粉症のせいで頭がぼーっとしているからか、自分の気持ちを出すのが3分くらい後出しになってしまったけど。それでも、モヤ……となったものを心の中に残しておきたくないので、会計直後という最悪のタイミングにぶちまけた。

挙げ句の果てに、「ゆっくり2人で朝ご飯を食べたかったのに」と泣き出した。多分、疲れていたんだと思う。何を隠そう、私はこんなめんどくさい女である。わかっている、わかっているけど、これぱっかりはどうしようもない。花粉症とか、生理前とか、女には色々あるのよぉ（多分、花粉症に女は無関係）。

彼がドライブスルーにしようと言ったのは、昼から大事な予定があるから、サクッと終わらせて間に合うようにという配慮だった。実に基本を大切にする大ちゃんらしい理由である。が、私にとっては、外で朝ご飯を食べられる素敵な休日を、ドライブスルーで済ませるなんて……と2人の時間を短縮されているようで、なんだか悲しくなってしまったのである。とほほ。

こっちの気持ちに気づいてよ、と思うのが女心だが、それは難しいのだなぁと思う。私は私なりに「2人の最高」を、彼は彼なりに「2人の最高」を考えていてくれたのだが、やっぱり視点が違いすぎる。ちなみに、「2人で仕事をする」予定のことは私の脳内にはもうなかったです、すみません。

ヤベッ 始まったぞ
店内がよかったのォ
またかよ…
つかれた…
わー…
めでたしめでたし!!(?)

彼は、うわうわと泣く私を横目に、どうにか機転を利かせて山の上にある公園へ行こうと誘ってくれた。結果、あのまま店内でいただくよりもさらに素敵な朝ご飯になったので、花丸である（にっこり）。

「ここに連れてきてくれてありがとう」と言うと、満更でもない様子だった。

彼にとっては、私の無茶苦茶なお願いを叶えた後にもらえる「ありがとう」が一番嬉しいのだと知ったのは、付き合って数年経ってからだ。

相手が一番喜ぶことが何かを知っておくことは、大事だと思う。自分がされたら嬉しいことを、相手もそうだろうと自分の物差しで測ってしまうと、痒《かゆ》いところに手が届かない「そこじゃないんだよ」的な歯痒さが残ってしまう。パートナーだからそれが当たり前、とか許されると思わずに、常に相手の目線も理解しておきたいなぁと思うのだ。ちなみに私は、手料理を喜んでくれた時が嬉しい（覚えておいてよね）。相性の良さって、きっとそういうことなんだと思う。

believe in yourself

その日は、朝から夕方まで1人で作業の日だった。彼は撮影へ。夜はご近所さんとおでんパーティがあるから、それまでに終わらせなきゃ。

やればやるほど、思う。自分の理想と、現実の処理速度が違いすぎる、と。人生40年も経てば、自分の程度がわかるというものだが、いかんせん私はその辺りはいつになっても高望みだ。毎朝起きるたびに全部忘れているのだろうか。そろそろ、このくらいで満足していいんだぞというラインを覚えたい。

今は、新しいキャンドルである「フォーチュンキャンドル」のパッケージデザインを描いている。おみくじのように、どのパッケージが手元に届くのかわからない仕組み。元気が出るフレーズをイラスト化したものを7種類描く予定だ。

まず書くフレーズをじっくり考え、考え、考え……ここまでで2週間。長い。ようやくフレーズが決まり描き始めるが、いつもの私よりも力が入ったデザインと色使いになっている。でも、この方がいいんじゃないかな。ああ、でももう時間がない。最後の1枚はもう、自分のいつもの感じでサラサラと描こう！　はい、終了。結局夕方までかかって7枚のデザイン作成が終わった。描く時間よりも、考える時間、悩む時間が長かった。慣れないものを描いたせいか、どっと疲れてしまった。

「ご飯どうする？」

夕方、帰ってきた彼にデザインを見せると、なんだか浮かない顔でどうもおかしい。

「なんか……。ハワイみたい」「ハ……ハワイ？　なにそれ？」ハワイみたいの後には本当はどんな言葉をつけたかったというのだ。私を傷つけまい、とその辺を濁してくれたことさえ、こういう時はイラつく。「うーん……イエーイって感じ？」つまり、あれだ。観光地のお土産《みやげ》みたいなガチャガチャ感があると言いたいのだな。私の顔がみるみるこわばっていくのを見て、慌てた大ちゃんは「これが一番いいと思う」と指さした。それは、私が最後にサラッと10秒で描いたイラストだった。そこには「believe in yourself」というフレーズが、飾らないストレートな私の文字で描いてあった。……ほんとだよ。

私は自分の作り出すものが、イマイチ信じられない。自信がないから拗《こじ》らせて、参考にとあれこれ見すぎて、自分じゃないものまで取り入れようとして、肩肘はって（そしてひどい肩こりになる）、よくわからないものになってしまう。

私が私のままで書けるもの、素敵だなと思うもの、作り出せるものが本当はいい。そのままでいい。そうわかっていても、世に出ている他人様《ひとさま》が作ったあれこれを見すぎてしまう。とはいえ、インプットが必要なこともある。大事なのは、インプットの時はインプット、アウトプットの時はアウトプットに専念することだ。インプットしたものは、どこかに必要なもので、私の糧になっていると信じることだ。必要以上にインプットをしすぎない。見すぎたら、わからなくなるんだから。そう頭では理解してるんだけどね……。

結局、私がそのまんまストレートに描いた文字のデザインがいいよね、ということになり、残りの6種類を描き直し、ハワイはお蔵入りとなった。最終的に実に私らしいデザインになったから、いいんだけどね。

彼は私より私のいいところを知っている。私が自信をなくして自分から逃げたくなった時、「こっちじゃなかったの？」と道に迷った私を元の場所に戻してくれる。パートナーだからって、いいことしか言わないわけではなくて、時にしっかりと道を正してくれる大ちゃんを、いいやつだなぁと思う。

「終わったよー」

翌日の夕方、仕事終わりに電話をかけてきた彼にすかさず「ねえ、無印に行こうよ」と突然のリクエストをぶちかます。返事はもちろん「いいよ」だ。よっぽどじゃない限り、大ちゃんは私のわがままを断らない。「今から東京行こー」とかは流石《さすが》に嫌がるけど。

今日の目当てはキッチンの戸棚に収納するファイルボックスだ。戸棚の寸法と、ファイルボックスのサイズをびっしり書いたノートを真剣に覗き込む私を見て、「片付けアドバイザーにでもなるの？」と笑った。

私はやるとなったら、こんなところまでとことん完璧主義になってしまう。対して彼は逆、出たとこ勝負である。それはスーパーの買い物だって一緒で、私はあれこれと溜《た》め込んで買いがちだが、彼はその日食べるものしか買わない。買い物の仕方も真逆なのよね。そういえばさっき、「引っ越ししたし、靴下を買い替えよう」と話したところだった。私はイエロー、パープル、グリーン……と明るい春色を1色ずつ6足手に取った。店内をぐるりと回って集合した彼のカゴの中を覗くと、同じ形の真っ黒の靴下が6足入っていた。お互いのカゴの中身があまりに対照的で、笑ってしまった。

家に帰ってくると、まずは今日の購入品である靴下を、各自新しいクローゼットに仕舞いだした。「できた、めっちゃいい！」と隣の部屋で自画自賛する声が聞こえる。彼は仕事が速い。そして、自分を褒めるのが上手い。いい意味で、自分の満足どころを心得ている。私はというと、自分への要求値が異様に高いので、なかなか満足しないし、何も終わらない。よりいいアイデアはないか、よりいい方法はないか……と、あれもこれも手を出しすぎて、結局何もできずに終わってしまうことがよくある。いかん。これでは片付けアドバイザーは廃業だ。「どれだけ高みを目指してるの？」と笑われるけど、私は至って真剣なのに、おかしいなぁ。

結局、私は靴下を仕舞うのに2、3日かかり、キッチンの戸棚にファイルボックスを収納するまで、1週間くらいかかってしまった。

なんでもハードルを高くしがちな私にとって、自分にできる量をきちんと心得て、自分をちゃんと褒めることができる彼の姿は、見ていて気持ちがいい。私も、そんな自分に優しい人になりたい。

無印にて
へぇ…
…
どかっ
満足するとふくらむ腹
作戦ノート
カラフル(形バラバラ)
ALL黒同型

多分、愛なんだ

その日は、新作キャンドルのローンチの日だった。いつもよりちょっと早く起きて、「さぁやるぞ」とリビングの扉を開けた私は、目に入ってきた光景に思わずニヤリとした。昨晩遅くにソファをしつらえて、綺麗《きれい》にクッションを配置し、さも「ここへお座りなさい」とばかりにいい感じにしておいた場所に、彼がデデンと座ってくつろいでいるではないか。まるで飼いはじめたばかりの猫が初めて猫ベッドを使ってくれたような個人的すぎる喜びに、心の中でよっしゃ！　とガッツポーズをする。もちろん彼は自分が〝猫ベッド〟に誘導されたとは知らず、不思議な顔をしてこちらを見ている。

さぁ続いて、第2セットだ。ゴミ出しに外へ出た彼の居ぬ間に、遥《はる》か彼方《かなた》に転がっていたスリッパを、さも「お履きなさい」とばかりに向きを揃《そろ》えて玄関に置いた。……なんで私は朝っぱらからこんなことをしているのかというと、彼は昨日まであったものが今日なくても特に気にしない人だからである。ないならないでまぁ別に、という感じで、特に探しもしないし「あれないの?」と聞いてもこない。不便を不便とも思わないのだ。ソファに座る場所がなかったら座らないし(どかして座ればいいのに)冷蔵庫にお茶がなければ水道水を飲んでるし(しかも蛇口から。コップはあるだろうよ)オートミールが切れてたら何も食べないで出て行くし(ご飯炊けばいいじゃん)バスタオルがなくても気にしないし(どうしてるんだろう)スリッパがなかったら裸足で歩いている(探して履いてくれ、頼む)。

私からすると、全くもって奇怪な行動である。そんな大層なことじゃなくても、ちょっと整えるとか、ないなら探すとか、別のものを用意するとか、自分が心地いいように考えて行動するものじゃないの? と思うのだが、いつも使っているものの上に布1枚かかっているだけで、彼にとってはこの世から存在が消えてしまうようなのだ。

ゴミ出しを終えて帰ってきた彼は、「これまでも履いてましたけど、何か?」とばかりに当たり前のような顔でスリッパを履いて部屋に入ってきた。そう、あればあるで使うし、心地いいし、嬉しいのだ。本日も誘導バッチリである。

彼は、自ら進んで自分の心地よさを追求したりしない人だ。欲がないといえばいいのだろうか。今あるもので十分満足できるし、特に不満がない。だからないならないで、そのまま気にも留めないのである。

かたや私は、自分の心地よさの追求に命をかけている女だ。お風呂は絶対にゆっくり楽しみたい。ならばバスソルトは必要でしょう！　ついでに、キャンドルも置こう。それならテーブルがいるな！　じゃあ、飲み物を用意しましょうか……！と、自分の心地よさの追求に毎時毎分忙しい。ひどい時は服を脱いだままバスルームとキッチンを3、4往復したり、足りなければわざわざ買いに走ったりして、セッティングが完了する頃にはお湯が冷めていたりする。それくらい、いつも自分の心地よさを極めたい。それはそれで、大変なんだけど。

そして私は自分が満足するだけでは飽き足らず、余計なお世話と知りながら、自分の心地よさを彼にもお裾分けしたくてたまらなくなるのである。自分の心地よさを追求したお気に入りのものや空間を2人で分かち合い、心地よさそうにくつろいでくれるのが嬉しいのだ。だから私は彼が入る前のお風呂にバスソルトを入れ、ふわふわのスリッパを2人分買い揃え、いつでも飲めるようにとお茶を1リットル煮出して用意する。が、私の期待しているような反応は彼から返ってこない。全く、私の気遣いをわかってているのかね？　ぶつぶつ文句を言いながら、豆乳をレンジで温める。

「ねえ、それ買い替えようよ」

突然話しかけてくる彼に「え？　まだ使えるからいいじゃん、特に不便じゃないし」と2秒で突き返す私。バルミューダだ、アールケだと、彼セレクトのおしゃれ家電がズラリと並ぶキッチンで一際目立つ、黄ばんだナショナル製のレンジのことかい？　この前うちに遊びにきた小学生の女の子が「レンジだけ古いんだね！」と衝撃の一言を残していったことを気にしているのだろうか。でも、このレンジは私が1人暮らしをはじめた頃からの20年来のお付き合いだから、これでいいの。そう答える私を、全くもって理解できないという目で見ていた。

あれ。なんだかこのシーン、さっき見た気がする。完全に立場が逆転してるじゃないか。彼にとっての心地よさは、バスソルトでもスリッパでもなく、家電や便利グッズだったのだ。うむ、確かに思い当たる節はある。

先ほどご紹介した通り、うちには彼セレクトのおしゃれ家電が色々と設置してあるのだが、私は自ら進んでそれらを使わない。彼はさも「使っていいよ」とばかり

気がつけば逆転
していた。

に最新のコーヒーマシンの横に豆を準備して置いているのだが、それをスルーして私はごくごく普通のインスタントコーヒーを淹れるし、彼自慢のロボット掃除機を横目に、竹ぼうきで床をはいている。彼は自分の心地よさを私にお裾分けしたくてたまらないようだが、彼の期待しているような反応は、私からは返ってこないらしい。なんだ、似たもの同士じゃないか。本当に私たちって。

私が飲みたいと言い出すであろうタイミングに合わせて、彼はコーヒーマシンのスイッチを入れた。私は、お、待ってました！　とばかりに、用意しかけたインスタントコーヒーを棚に戻し、彼が淹れてくれたコーヒーを「最初からこれが好きですけど」と当たり前のような顔をして頂いた。そんな私を見て、彼は満足そうにしている。本日もバッチリ誘導されたなぁ。

自分の心地よさが、やがて2人の心地よさになっていく。私が引っ越しを通して見えてきたものは、パートナーシップの答えとも言えるものだった。

彼を大切に思うあまり自分を殺してしまったこともあるし、自分を主張しすぎて、彼を押さえつけてしまったこともあった。それでも何度も向かい合って、お互いを認め合いながら、今日も一緒にこうして暮らしている。
私たちはこれまでたくさん傷つけて、傷つけられてきたけれど、それでもまた向かい合えたなら、その傷は一緒に、ゆっくり治していくことができるのだ。

一番めんどくさいもの。逃げたくなるもの。
それでも、またやり直せるもの。
多分、それが愛なんだと思う。

3章　エッセイを書く生活

普通に本だね

「え、面白いじゃん。普通に本だね」

内心かなりドキドキしながら原稿を見せた私は、彼から初めて面白いという言葉を聞けてホッと胸を撫《な》で下ろした。しかし、どんな感想だ。素直に嬉しいけど。彼の感想はなんというか独特で、どこか妙な的を射ている。

ついさっきだって、新作であるお香の香りサンプルの匂いの感想を教えて欲しいと頼んだところだ。1つ目「うん、カッコいい」2つ目「素敵……」3つ目「わ、罠《わな》だ!!」罠? どんな匂いよ、と思ったが、ふむ。確かに罠の匂いがする。妖艶な夜の匂い。悪い女に騙《だま》されそうな香りは、たしかに罠そのものである。オーセンティックでセンシュアルなどと難しくてカッコいいことを言われるよりも、わかりやすくて助かる。

「普通に本だね」の原稿は、私の内面を1分、いや1秒たりとも逃さず、そしてどこかで思考がぶっ飛んでもそれをなかったことにして流さないで、飛んで戻ってくる過程も丸ごとそのまんま書いたものだ。それは言わば、私そのものである。

私はおよそ芯など通ってないし、この人といえばこれだよね、という筋もない。自分を喩《たと》えるなら、インドの交差点みたいな女だ。車と人が好き勝手に往来してクラクションを鳴らしている横で、隣の工事中の建物の粉塵《ふんじん》など物ともせず、サモサを揚げて売るおじさんのその脇で散髪屋さんが脇毛を剃《そ》っている、あの感じ。このカオスこそが私である。

一番いいところを抽出して蒸留した美しいエッセンシャルオイルでもなく、どうしようもないカオスのようなそれだ。だから私はインドが好きである。あ、ええと、どこまで行ったっけ。ほら、こうやって遠くまでお出かけしてしまうのだ。日本から世界一周している途中でちょっと実家に帰ってきちゃったような心情をそのまま書いたようなこんな原稿が、一番面白かったらしい。多分それは、私がそんな自分を認めはじめたからだろう。

その日、銀座のオフィス街にあるちょっと古くてモダンな喫茶店で、私は涙を流していた。「もう書けないんです……」別れ話か、はたまた喧嘩か、といった具合で周りの人の視線が痛い。しかし、私は目の前に腰掛けた編集者の千さんを前に、おいおいと泣いていた。それもそのはず、このお話を頂いてからかれこれ2年くらい経つ。普通なら書けないなら終わりですねでオサラバであろう。しかし、千さんは粘り強かった。強い。体育会系というか、なんというかガッツの人だ。

ちなみに、自分のことを守るようでお恥ずかしいが、私は全く書いてなかったわけではない。これまで何度か原稿は出してきた。ピンチの時は、時にライターさんに協力をしていただきながら、どうにかこうにか文章をしたためてきた。が、千さんはどうも首を縦に振らない。その時の、精一杯で書いたつもりだったので、ダメだった時、さらにどうしていいかわからなくなる。するとまた書けなくなる。

この本の執筆から逃げ続けた私は、もう限界というところまで来ていた。「千さんが……いい感想をくれなかったんで……」と千さんのせいにしはじめ、挙げ句の果てには「大ちゃんが反対してるんで……」とパートナーのせいにしはじめた。もうあかん。もしもし私さんよ。この本の企画当初のタイトル、知ってます？「自分のうまくいかなさを、誰かのせいにして逃げるな。」ですよ。

「もう、本書くのやめたら」いくら時間をかけてもうまく書き進められない私に痺《しび》れを切らした彼がそう言ったのは、これまで一度や二度ではない。これまでの私といえば、パートナーの言うことを全て二つ返事で聞くわけではないが、お互いの合意のもと、仕事を進めてきた。やっぱり人生を共有していく相手には応援をして欲しいからだ。彼は本の執筆そのものに反対しているわけではなく、時間がかかりすぎていることに、あまり良い反応を見せなかった。

千さんは、やめたいならやめてもいいですよ、と言ったが、私はそれだけは絶対に嫌だと言った。しかし、自分でも何が書きたいのかわからなくなっていた。伝えたいことに自信を持って！　と励ましてくれるが、伝えたいことも自信もないんですとまた泣き出す。隣に座ったカップルが心配そうにこちらをチラチラと見ていた。ほんと、すみません。しかし、千さんは、ＡＺさんは絶対書ける人です。と、そう信じて疑わなかった。一体、千さんは何を見ているのだろう。エスパーなのではなかろうか。紅茶のおかわりを飲み干した頃、店主のマダムが閉店ですと声をかけてきて、私たちは渋々腰を上げた。

じゃあ、また連絡しますという千さんに、私はいてもたってもいられず、「必ず書きます！　だから待っててください！」と宣言した。まるでトレンディドラマの別れ際だ。千さんは、颯爽《さっそう》と銀座の街に消えていった。

トレンディな私はそのままホテルに帰る気分にはなれず、泣きながら銀座をぶらぶら歩いた。完全にイタイ女である。そのままフラリと入った三越前の大戸屋で、

銀座を泣きながら歩くワイ…

泣きながらチキンかあさん煮定食を頬張った。徳島では、大好きなこれが食べられないんだもの……。

私を信じてくれることがありがたくて、私を信じられない自分が悔しくて、人のせいにしてしまう自分が恥ずかしくて、涙が止まらなかった。チキンかあさん煮を土鍋からそのまま頬張って、そのせいで熱くて泣いていることにした。

私は大切な人を大切にしたいんだと、気づいた。

この本は、占いのコラムや運勢の記事を書くように書いていた。その後は、まるで江戸時代の高札のような、断言するような強い文章を書いていた。そしてそのあとは不安定な夜中のラブレターみたいになっていき、そして何も書けなくなり、今に至る。私の文章は、どんどん変わっていった。そして今は、水を得た魚《うお》のようにスイスイと軽やかに言葉が出てくるようになった。

文章を書くことは、海に潜ることに似ている。この本を書くことから逃げている時間は、まさに私が私の人生から逃げていた時間だったように思う。遠くばかりを見て、大切な人の嫌なところばかり探して、今ある仕事よりももっと遠くを見て、自分よりも外を見て、そうやって自分を見てこなかった。書きたいことは、私の中に、こんなに転がっていたのに。

「普通に本だね」になるまでに、数え切れないほどの苦悩があったけれど、きっとこの過程を踏む必要はあった気がしている。そんな数々の葛藤も全部織り込まれて、普通に本になるのだろう。普通に見えることほど、その裏にはたくさんの悩みや苦悩、不安や涙があって、それでようやく普通の体裁を保っているのかもしれない。とても普通だったとは言えない、私の普通に乾杯。

365日、締め切り

眠い、眠すぎる。

午後3時。重たい体を引きずりながら、駅前のカフェに入ってよくわからないケーキセットを注文した。普段は甘いものは全く欲しないが、徹夜明けの時はなんだか無性にケーキが食べたくなる。脳が溶けているのかもしれない。

昨日も朝方まで締め切りの原稿を書いていた。窓の外が明るくなる頃、やっと提出し終わった。もう限界だ、寝よう。とベッドに潜り込む頃には、うちのニワトリならぬ大ちゃんはもう目覚めている。彼が眠くなる頃に私はようやくスイッチが入り、私が眠る頃には彼のスイッチはもう入り始めている。私たちが自然なリズムで寝起きすると、大抵こうなる。そんな私たちがまともに会話できるのは夕食のときだけってわけだ。わかってるけど、なんだか寂しい。でも早起き苦手なんだもん。

私はこの頃、締め切り続きでずっと家にこもっているが、季節は桜満開の4月。

大ちゃんはロケ撮影に忙しく外に出かけっぱなしで、ずっとすれ違いだ。朝起きたらすでに姿はなく、でも相変わらず夜の7時きっかりに頭や肩に原っぱの雑草をつけて「腹減ったよー」と帰ってくる。多分、私が生涯耳にした台詞ランキングでは「腹減ったよー」が1位だと思う。鳥の雛《ひな》かよ。

彼はその職業柄、締め切りとは無縁だ。いや、もしかしたらあるのかもしれないが、彼は仕事が早いので、締め切り前に私のように大慌てで徹夜になることはないのだろう。私ときたら、締め切り前はいつもギリギリなので、夕飯を用意することは完全に諦めている（いや、それ以外でもほとんど諦めてるけど）。今日は彼が冷凍の餃子を焼いてくれるというので、安心して原稿に取り組める。ありがたい。

しばらく任せていると、バ……バチッ!! バチバチバチバッッチ！　とけたたましい音が、イヤホンのノイズキャンセリングを貫通してきた。どう考えても油が跳ねまくっている。その直後、「ゴトッ」と冷凍された何かを落とした音がして、「フーフー！」とほこりを払っている。特に報告はないのでバレていないと思っているのだろうが、どうも気が気じゃない。

以前は、やれ排水溝を掃除しろだ、フライパンを元に戻してだ、換気扇をつけろだとキッチンの使い方1つ1つに注文をつけていた私だが、「怒られるならやらなきゃよかった」とぷんぷんするので、なるべく小言を言わないようにしている。男は褒めて伸ばすが勝ち。そうわかっていても、たまにチクチクと小言を言ってしまうのだけれど。

キッチンで飛び跳ねる油をBGMに原稿を書くのはなかなか「空《くう》」を要求される荒業であるが、ひっそりと1人だけの部屋で黙々と原稿を書くよりも、私のために一生懸命ご飯を用意してくれているのを感じる時間はなんだか微笑ましくて、筆が乗る気がする。

「できたよ!」と山盛りの餃子を持って、彼は満足気に私を呼んだ。どうやら油まみれのキッチンは視界に入らないらしい。まぁいい、明日片付けるよ。

「まだ終わるまであと5時間くらいかかりそう」「ふーん、AZちゃんは締め切り大好きだもんね」いや、あの、別に好きなわけではないのよ? ただ、締め切りに追われ続けてかれこれ20年以上になる、締め切りのプロであるのは間違いない。私から締め切りを取ったら、一体何が残るのだろう。多分、何も書かなくなってしまうかもしれない。

私はずっと何かを書いてきた。小学生の時の漫画にはじまり、中学生の時は同人誌、高校生ではイラストを描き、ホームページを作り、日記を書いた。20代はブログを始め、似顔絵イラストレーターとなり、似顔絵描きに明け暮れた。その後、徳島に移住して無職になった後も、アメブロを書きはじめ（まだやってる）地元のメディアに移住エッセイを書かせてくれと頼み込んだ。そして30代の今は、ブログやnoteを書き、占いの原稿を書き、絵こそ描くことは減ったものの、文章を書いて書いて書いて、30代も終わろうという頃、こうしてエッセイを書いている。

不思議なものだが、多分、書くことからは一生離れられない。書くことでようやく自分が生きているという実感を得られるし、書かないと自分を見失ってしまうともいえるかもしれない。

子供の頃から、絵がうまいと持て囃《はや》されて育った。家族に褒められ、クラスメイトにあれ描いてこれ描いてとリクエストされ、調子に乗った私は絵を描き続けた。小4のクラブ活動では漫画クラブに入り、狂ったようにセーラームーンの模写をしていた。おかげで今でもセーラームーンは見なくてもスイスイ描ける。

絵が上手！　漫画家になりなよ！　という褒め殺しに乗っかって、小学生の頃に漫画家になる！　と息巻いて、雑誌への投稿を目指したのである。

あれは忘れもしない小6の夏休み。毎週漫画教室に通って本格的な道具を使って描き始めたものの、完成したのは魔女っ子が人間界に修行にやってきて、人間と恋に落ちる（もちろん助手のペットもいる）という「りぼん」と「なかよし」を足して、水で薄めたような話だった。自分のストーリー作りの才能のなさに愕然《がくぜん》としたことを覚えている。絵が上手いことと、話を作ることは別の才能だ。だから私は漫画家のことを心底尊敬している。

結局、私が「りぼん」に投稿したのは「もんたの日記」という、当時実家で飼っていたマルチーズと私の日常を綴《つづ》った4コマである。スクリーントーンがうまく切れなくて、原稿用紙まで切ってしまってズタズタになったB4の原稿用紙はきっとまだ、実家のどこかにあるだろう。もんた、可愛かったな。

中2の時は、なぜか学級通信に載せるイラストを担当することになった。発端は、担任の穴久保《あなくぼ》先生の一言である。穴T（アナクボティーチャーの略。みんなそう呼んでいた）はちょっと暑苦しい熱血教師、という感じで、「自主性と思いやり」がスローガンだった。週に1回くらいで十分であろう学級通信を毎日作るという熱意のある人だった。

ある日、黒板に穴Tの似顔絵をサラリと描いたところ、それが瞬く間に評判になり、穴T直々にイラストをお願いしたいと頼まれたのである。そこで誕生したのが「あなくぼくん」である。季節や学校の行事に合わせた色んなあなくぼくんのイラストを1週間分まとめて描いて、「先生、来週の分です」と渡すのが私の習慣になっていた。これが私の初めての連載なのである。


高校生の時は当時雑誌で見かけたイラストエッセイに影響を受け、最近のファッションやハマってるメイク、買ったもの、観た映画などを絵日記にして描くのに大ハマりした。コンビニのカラーコピー機を使い倒して、ホチキス止めしてフリーマーケットで500円で売ったり、フリーペーパーにして配ったりしていた。母にお願いして、資料用に実家から送ってもらったのだけど、そのあまりの熱量と恐れのなさにびっくりした。うーん。10代ってすごい！

以上の通りである。私は自分が見聞きしたものしか描けないし、書けない。創作が苦手なことをずっと引け目に感じてきたけれど、自分の目で見て経験したことを書くのが好きなのである。物語の中よりも、結局のところ、事実や実生活を元にし

同人ビンセンも
いっぱいある。
ヒー
黒歴史
すぎる…
中学生のおこづかいは
印刷代に
消えていた…
実家に山のようにある
同人ペーパー
毎週末
フリマに出て
絵を売っていた
ポストカード
ENIKKI
本
絵日記を
まとめてカラーコピー
した本
もんた

ありがとうッ
先生、来週の分です…!
サッ
グッ
私の初めての連載。

たものをうわっと書くのが私の源流なのだ。

　このエッセイ本も、最初はもうちょっとスッとした本になる予定だったんだけど(私の中では)。結局はめちゃくちゃになってしまったけれど、これが私なのだから逃げられない。実際、自分の中にある一部分だけを綺麗に表現していると、「私はこれだけじゃない！」という怒りのようなものが襲ってくる。

　ずっと絵で表現してきたことを、文字だけというシンプルな形で綴るのは初めてだけど、床に広げた原稿は、文字だけとは思えないくらいカオスなエネルギーに包まれている。あぁ、これは私の書いたものだなぁと思う。


「おわった」

「なにしてるの？」

　ピロピロピロと連続でメッセージが送られてくる。そうこう言ってる間に、大ちゃんがお帰りの時間の様子である。ロケ撮影で疲れた体を引きずって、原っぱの雑草をつけて私の元へと帰ってきた。おかえり。

「はらっぱラッパー！」とギャグが飛ばせるくらいなので、多分まだ腹は減っていないんだろう、よし。「駅前のスーパーで何か買って帰ろうよ」と誘う私に、「何買うの?」「いや、別に」。うん、何か目的があるわけじゃない。ただ、一緒に寄り道して帰る時間が嬉しいだけなのよ。その気持ち、伝わってるかしら。

こうして私は今日も、自分に起きた他愛もない出来事を書き綴っている。書くことは、人生を愛することだ。何気ないやりとりだって、一瞬の景色だって、書くことで鮮やかに残っていく。書きたい対象や手法はきっとこれからも変わっていくけれど、私の源はきっと、変わらないんだ。

最後に、昔同人誌の世界で流行っていた決め台詞でこの原稿を締めたいと思います。当時中学生だった私には意味がわからなかったけど、今ならその意味がわかる。

「乱筆乱文、失礼致しました」

カエルに帰る

大人になったら「もっと前に進んでる」と思っていた。なのに、おかしい。私は40代手前に差し掛かってもなお、中学生時代と同じことをしているぞ。

前に進んだというよりも、グラウンドをぐるりと回って、またスタート地点に戻って……と、まるで輪廻《りんね》の中にいるような人生。

「1つの人生につき、やれることは1つだけ」と決まっているのだろうか。何度も嫌いになったり、「やっぱり違う」と否定したりしながら、それでも「やっぱり私、これが好きかも」とまた同じところに戻ってきてしまうこの現象、もはやカルマ？

私にとってそれは何かというと、こうして自分の考えを書いたり、日常を描いたりすることだ。その中の1つに「絵日記」がある。

私の「絵日記」とは、その名の通り、絵と文章で日常のことや買ったもの、お気に入りのアイテムやその日のコーディネートを書くことである。これをはじめたのは今でも忘れない、私が全身カエルグッズに身を包んだ中学生だった頃だ。

私の実家は、私が生まれた1980年代に建てられた。台所、居間と部屋が細かく分けられた日本家屋ではなく、1フロアぶち抜きの広いリビングに、カウンターキッチンがある、当時にしてはなかなか小じゃれた洋風の家である。

専業主婦だった母は、当時流行っていたアメリカンカントリー雑貨が好きで、家には様々な大きさの籐《とう》カゴや、ブリキのジョウロ、ギンガムチェックのカーテンなどが所狭しと飾られていた。母は自らも雑貨をハンドメイドし、フリーマーケットで販売していたほどだ。そんな様子は子供ながらにワクワクし、雑貨屋さんに連れて行ってもらったり、フリーマーケットでお手伝いをするのが大好きだった。

雑貨屋さんといえば、当時は自由が丘が大流行り。自由が丘でおしゃれな雑貨屋さん巡りをするのも大好きだったが、私がそれ以上にお気に入りだったのが、山梨県の山中湖である。夏休みになると、親戚のツテの別荘に行くのが我が家のお決まり行事だった。

富士山の麓《ふもと》、湖のほとりの森の中にたくさんの雑貨屋さんやカフェが立ち並ぶ様子は、都会とは違う絵本の中のような世界観で、中学生だった私はワクワクが止まらなかったのを覚えている。

その中でも、大好きだったのがグーシーハウスというお店。ここでカエルのグッズに出会ってから、私は中学生にして本気のカエルグッズ収集家になってしまったのである。ぬいぐるみだけではない。カエルの帽子、マフラー、手袋、バッグ、靴下、お弁当箱、箸、リュック……と日々カエルを身にまとうコーデが進化していき、好きすぎるあまり、絵に描かずにはいられなかった。そうして自然発生的に自分のコーディネートや買ったものを絵日記として描くようになったのだ。


そんなカエル収集家も、高校生になると今度は狂ったようにエスニック系にハマった。私の興味はアメリカ大陸からアジアへと移動してきたのである（カエルはアメリカとは関係ないけど）。

横浜中華街のチャイハネに通い詰め、ターバンに大きな民族系のネックレスをして、頭もドレッドにしてチャイを飲み、アジアンテイストのファッションを極めに行った。そして、その様子を絵日記にしたためた。

この頃良かったのは、SNSがなかったことだ。まだmixiなんかも登場するもっと前で、「ホームページを作るのは限られたオタク」のみ。私はもちろん作ったけど（根性がすごい）その役割は今のように「交流」とか「バズるため」ではない。ただ純粋に「好きなものを見てほしい」という気持ちだけの自己満足の世界だった。これを紹介してお金をいただこう、評価されよう、バズろうといった思惑など一切なく、純粋に友達とのおしゃべりのノリなのである。「ねぇちょっと、椎名林檎《しいなりんご》の新曲聴いた？　いいよね！　今日カラオケ行かない？　てか109でこないだ買ったブーツめっちゃ良かったー。そういえば、最近つけてるニナリッチの香水おすすめ！」というテンションである。それを紹介するためのホームページを日夜作り続け、なおかつ絵日記でも描き、それをカラーコピーして本を作り、フリーマーケットで売る。そんな熱量高めの女子高生時代であった。

そんな私の絵日記ライフがぴたりと止まったのは、20代。絵を描く仕事についてからである。私が似顔絵イラストレーターとして仕事をはじめたのは、フリーマーケットで絵日記本などを売りながら似顔絵を描いていた頃のことだ。たまたまスカウトされて、プロチームに加入することになったのである。20歳の頃だ。

似顔絵というのは、今でこそオンラインで注文とか、なんならAIがアバターを作ってくれたりもすると思うのだが、当時は「対面・速書き」で職人が手描きするのが基本。観光スポットにあるお店で、お客さんと会話をしながらその場で10分で似顔絵を描き上げるという、なかなか過酷でやりがいのある仕事。お盆休みやクリスマスなどのオンシーズンには、ヒーヒー言いながら1日50人以上もの人を描き続けたこともある。私の占いの素地は、この「10分でその人の本質を摑む」という似顔絵職人時代に身についた能力にあると思っている。

しかし、その忙しさの反動か、はたまた絵のプロになったという驕《おご》りからか、「ただ好きなものを見て欲しいから描く」という絵日記から、だんだんと離れていったのも事実だ。当時は、「絵＝仕事」だったので、時間があれば新しい似顔絵のサンプルを描いた。絵は仕事であり、誰かのために描くものであり評価を受け取るためのものだった。だから個人的で役に立たないものを描いている時間なんてない、そう信じていたのだ。

そんな20代をあっという間に終えて、30代。新宿や原宿でバリバリと似顔絵を描きまくっていた私は、気づけば徳島に移住して、占い師になっていた。

もう絵を描くことはないだろうと、10代から愛用していた画材はクローゼットの奥に仕舞い込まれ、私の手にはYouTubeの配信で使うホワイトボードのマーカーが握られていた。

好きなことを続けていると、次第にそれを仕事にしたいと思うのは自然なことだ。だって好きなんだもん。それで有名になってみたいし、お金だって稼ぎたいし、何よりも、自分の時間を好きなことにたっぷりと使えるなんて、最高じゃない。しかし、実際に仕事にしてみると、だんだんと葛藤や複雑な想いが芽生えてくる。売れなければ食べていけないから、売れるために自分の気持ちとは違うことに手を出すこともあるし、次第に売れてくると、期待され、依頼を頂いてどんどん忙しくなり、好きなものを描いている暇なんてなくなる。数字は評価に直結していく。次第に収拾がつかなくなると、体や心に無理を強いてしまい、終《しま》いには好きだったものそのものを嫌いになってしまうのだ。

私はまさに、そんな半生だった。もう絵はいいよ、と言ったにもかかわらず、現役の時に使っていたコピックマーカーは10年経っても1本も捨てられず、クローゼットの棚を占拠している。

好きなことってすごく繊細で、ちょっとやり方を間違えたり、誰かのために頑張

好きなスタイル遍歴
ドレッド×ターバン
カエルぅ〜
つよそ〜
中学生
高校生
現在
変わっているような、いないような…

りすぎて無理をしたりすると、途端にパンクしてしまう。「もう好きじゃない」とヘソを曲げたりね。だから、好きなものその道1本でやっている人を私はとても羨ましく思っていた。私は好きなものがコロコロ変わったり、嫌いになったり、挙げ句の果てにはそれを好きだった自分のことも疑って嫌いになっていった人生だから。
　自分の好きだったものを疑う時間は苦しかったな。ずっと「好きなものは仕事にしなきゃ」と思い込んでいたし、絵が好きなら、それでお金を稼いでこそ意味がある！　趣味で続けるなんて、何の意味があるの？　と思っていたひどい女は、私です。

　今は、好きなことは好き。それだけでいいと思えるようになった。それは2022年からはじめたボイストレーニングとダンスの影響かもしれない。趣味で続けているこの2つの表現の時間が、「好きなこと＝絵＝仕事」という凝り固まった方程式をほぐして、私の心のバランスをとってくれているように思う。

　カエル収集家が誕生してから20年近くたって、私はまた懲《こ》りずに絵日記を描いている。相変わらず、最近のコーディネートや買ったもの、料理、ハーブ畑のことなど他愛もない日常だ。少しだけ内容は大人になったけど、気ままに自分の好きなものを描くのは変わらない。これがグラウンドをぐるぐるして帰ってきた、私の原点。恥ずかしいけど、ちょっぴり誇らしい。

カエル色のネイルを塗り直して、今日も描きたいものを考える。あの頃よりも少しだけ、自分の好きに向き合う気持ちが柔らかくなったかなぁ。

俺のこと

「俺の本、できた？」

仕事から家に帰るなり、ニコニコ顔でそう尋ねてくる彼は、大ちゃん。私と一緒に暮らすパートナーである。確かに大ちゃんのことを書いてるよとは言ったけど、ごめん、「俺の本」ではないわよ。しかし、彼の世界の中では全てが俺を中心に回っているので、話が俺にとって最適な形にすり替わっているというわけである。

先日、引っ越しにまつわるエピソードの原稿を読んだ千さんから「大ちゃんってどんな人なのか、もう少し知りたいな」という、ありがたいような、照れくさいような、本当かよ、と疑いたくなるようなコメントを賜った。なるほど。確かに彼の人物像についてはあまり書けていないなと思い直し、今この原稿を書いているところだ。

今日は、そんな「俺」の特徴をいくつか書いてみることにする。

・私の言ったことを一言一句覚えている。
何も聞いていないような顔をして、あの時AZちゃんはこう言ったとか、あんなことを言われたとか、私が口に出したことを端から全部覚えている。

ある時、「次に苗字《みようじ》を変えたら旧姓に戻せないから、結婚はもういいかなぁ」などと口走ったことを、5年近く根に持っているらしい。なかなかに執念深い。私よりよっぽど、繊細でデリケートなのかもしれない（ちなみに苗字の話は、一度目の離婚後に婚姻時の苗字のままだった場合の話だ。私は一度目の離婚で旧姓に戻しておいたので、特に問題はなかったんだけど）。

・「ありがとう」を忘れてしまう。
私が口に出したことは全部覚えているはずなのだが、どうやら「ありがとう」だけは、記憶から抹消されてしまうらしい。私はその都度、感謝の言葉を伝えているのだが、「俺は全然感謝されない……」とよく拗ねているのだ。これはおかしい。私がこれまで発した「大ちゃんありがとう」は、いったいどこへ消えたのでしょうか。

この問題は一向に解決しないので、目で見れば忘れるまいと「ありがとうシール」を貼る条約を結ぶことにした。

100均で買ってきたおなまえシールに、ありがとうと書いて、ペタペタ貼っていくのである。内容はどれも単純なものだ。「お菓子買ってくれてありがとう」「ホームセンターに連れて行ってくれてありがとう」「電池交換してくれてありがとう」

そんな他愛もないことでも、「ありがとう」を書いて、彼が愛用しているMacBook Proの表面にステッカーのように貼っていくと、その度にニコニコ顔をした。大正解である。

しかしそれから数日後、東京へ向かう空港の荷物検査で、こともあろうに「パソコンを出してください」と言われてしまったのだ。無数のありがとうシールが貼られたパソコンが、徳島空港のX線検査を通過していく。み、見ないでくれ……！

その願いも虚《むな》しく、空港係員さんの注目の的になったパソコンを、スッとリュックに仕舞った。その翌日、「ありがとうシール」制度は廃止になってしまった。

・本当に欲しいものしか手に入れない。

私はどちらかと言うと、気分を変えたい衝動が先に来るタイプ。「引っ越したい」

空港の保安検査で
広がる「ありがとう」
サッ
そ…それは!!
見逃さない
← 職員のみなさん →

と思ってから家を探すし、「新しい服が欲しい」と思ってから服を見に行く。

つまり、変化したい、もっと良くなりたいという衝動から行動をしているような気がする。これは終わりがない欲望ではないのか？　と自分で呆れるけど。

その一方、大ちゃんは基本的に今に満足しているので、気分や衝動で何かを手に入れることはしない。ここに住みたいと思う家を見つけたなら住むし、ないなら引っ越さない。欲しい服があるなら買うし、ないなら買わない。変えたい気分が先で、用意された中からどれかを選ぶ、という選択肢は彼には存在しないのだ。

私が「引っ越したい」と言って家を探しはじめた時だって、結局「住みたい家がない」と彼が首を縦に振らず、家探しは難航したのだ。

・他人に全く興味を示さない。
大袈裟ではなく、彼以上に他人に興味を示さない人を、私は見たことがない。他人の生活とか、作ったものとか、普段何しているかとか、そういった自分以外の一切に驚くほど関心がない。すぐに人と比べてしまいがちなSNS社会において、非常に貴重な人種である。会ったこともない他人に興味を抱いたり、SNSをついつい見てしまう私にとっては非常に羨ましいし、何より生きやすそうだなぁと思う。

・一度約束したことは忘れない。

とはいえ、他人を蔑《ないがし》ろにしているのかというと、実はそういうことではない。「今日、買い物に行きたいんじゃなかった？」夕方突然かかってきた電話に「え、そうだっけ……」と、誘った私の方が忘れていたことは、一度や二度ではない。

一度約束したことは忘れないのだ。自分が大切に思うことのピントを絞っているから、それ以外の全てを脳内に入れないようにしているのだと思う。そういう意味で、すごく信頼できる人なのだ。

・「かかってこいよ！」とよく独り言を言っている。

誰とバトルをしているのかわからないが、多分自分を鼓舞して気合を入れているのだろう。夜になると「よし、明日に向けて精神統一を始めるか……」と、意味深な顔をする。彼なりの覚悟の入れ方なのかもしれない。そういえば「どうしよう……」とか「大丈夫かな……」などという弱気な独り言は、未《いま》だかつて聞いたことがないな。私はそんなのばっかり！

・非常にタフ。

大ちゃんは、仕事の日は一切休憩をしない。昼寝はおろか、お茶なども基本的にしないのだ。ズバ抜けた集中力とタフさがあるからできる業だろうが、朝から夜までぶっ通しで生きて、夜は気絶するように倒れ込んで寝るのである。

以上、「俺」の特徴でした。わはは。

こうして書いてみると、やっぱり大ちゃんと私は真逆な性格なのかもしれない。他人を意識しすぎて自分を見失いがちな私から見ると、いつだって「俺の心地よさ」を中心に生きている彼の姿は、いつも明るい驚きで溢れているのだ。

そんな彼に、「私のいいところってどんなところ？」と聞いてみると「誰も思い付かないことをするところ」「あと、夜まで頑張り屋さんなところ。俺は寝ちゃうから」とお返事があった。

うーん、それって褒めてるのかしら。いつも何してるかわからないとか、締め切りに間に合っていないって意味ではないのだろうか……。

自分のいいところって、自分ではわからないものなのよね、占い師でも。

表現と芸術

朝、目に飛び込んできたニュースに驚きを隠せなかった。〝教授〟こと、坂本龍一《さかもとりゅういち》氏の訃報である。

先日上げた動画が原因なのだろうか、YouTubeのチャンネル登録者数が日に日に減っていることにひどく落ち込んでいた私は、その訃報を目にしてさらに悲しい気持ちになった。

先に白状しておくと、私は格別に教授の音楽に詳しいわけではない。映画『戦場のメリークリスマス』のテーマ曲や「エナジーフロー」などを聴いて育ってきた、一般人である。メディアや作品を通して見る教授の人物像しか知らないが、晩年の姿や発言には、ある種の覚悟を感じ、強く惹かれるものがあった。

そのニュースでは、教授が好んだ一節として、古代ギリシアの医学者ヒポクラテスの「箴言《しんげん》」の一節「Ars longa, vita brevis（芸術は長く、人生は短し）」を紹介していた。

人生は短い。本当にそう思う。他人からしてみると、その人の存在に触れることができるのは、人生の中のほんの数年、数十年しかないから、もう居なくなってしまったの？　という悲しい気持ちに包まれる。とはいえ、本人にしてみれば、もう十分、生きたからそろそろ大丈夫よ、と思っているかもしれない。自分の死がやってくるその時まで、自分が死をどう受け止めるのかはわからないけれど。

私は寝起きのよれよれのパジャマ姿のまま、自然と「Hey Siri, 坂本龍一の音楽をかけて」と声を出していた。ゆったりと音が流れ出す。彼の創り出すものは、「音楽」そして「芸術」という言葉がよく似合うように思う。曲とかミュージシャンとかエンタメとかではない、その教科書のような健全な言葉に、一過性のものじゃないという覚悟、これまでその道を作り上げてきた偉人たちの命、そして時代や歴史の重みも全てが詰まっているように感じるのだ。

私は幼少の頃から絵を描いていた。とは言っても、あくまで子供のお絵描きで、大好きなセーラームーンを「見て見て！」と描いたりしていた程度なので、芸術のそれとは程遠い。そんな私が初めて芸術と言えるものに出会ったのは、高校生の時。

川崎市立川崎総合科学高等学校デザイン科との出会いである。

中学生の時、私は「人生詰んだ」と思っていた。時は90年代初頭。当時はヤンキー文化とギャル文化の中間くらいで、不良がクラスの中心、いや、学校の中心だったのである。まして治安の悪いと言われることが多かった川崎の、治安が悪いと太鼓判を押されるほどの公立中学校である。不良の数は異常に多く、金属バットを持ってニケツで学校に来る金髪短ランの男子、ポロのベストにハイビスカスをくっつけて、ルーズソックス&キティちゃんのサンダルで登校する女子が学校を制していた。割合で言うと、その不良が1割。そこまではしないけど、不良に憧れていて、髪は黒くしたまま微妙に学ランやスカートを短くしていい位置を狙う「ちょい悪」が3割。運動部系が3割。残りの3割は地味に息を殺して生きているような学校だった。私はどこにいたのかというと、息を殺して生きていた3割である。

小学校の頃は、割とクラスでも目立つ方だったと思う。何はなくとも絵が上手い、とくれば小学生女子として、人気は確定だろう（男子は足が速ければ人気）。

しかし中学生になった途端、あんなにヒーロー扱いされた絵が上手いという能力はオタク認定となり、地味グループへとたちまち降格した。不良こそがカッコイイ！　という流れの中で、完全に地位を失っていたのである。

小学校で仲が良かった友人達が次々とスカートを短くし、タバコを吸いはじめ、当時好きだった男子もウルトラマリンの香りを漂わせ、unoで髪を立てるちょい悪へと進化していった。挙げ句の果てに、彼は不良女子と付き合いはじめ、私は完全に「終わった」と絶望したものである。

そんな中で、私は地味に生きていた。どこにも居場所がなかったので、自分を殺し、学校では（仮）で通すと決め込んでいた。誘われるがままに入ったソフトボール部は、ユニフォームが出来上がってきたその日に「やめます」と言って終わった。もうここには自分の未来はないとハッキリとわかったので、家に帰ったら次の同人誌のイベントに出す新刊と便箋《びんせん》を描く生活に明け暮れたのである。今思い出しても、中学校時代はぼんやりとした灰色である。

そんな日々の中、総合科学高等学校デザイン科と出会った。絵が好き、デザインが好きな人が集まる学校と聞き、胸が高鳴った。絶対に入学してやると強く決意し、当時の倍率はかなりのものであったが、見事難関であった推薦入試を突破したのである。私の人生は、ここで開けたと言っても過言ではない。

晴れて入学したデザイン科は、刺激に溢れていた。デザインやアート、音楽、おしゃれが好きなクラスメイトたち（女子が9割だった）。デッサンや絵画、CGの授業。講師は現役のアーティストや芸術に造詣の深い面々。好きなものを好きと言っていい環境の中で、自分の未来が開けていくように思えた。「CUTiE」だ「FRUiTS」だとファッションやメイクの話で盛り上がり、ミュシャやエゴン・シーレの展示に行けば感想を語り合い、沖縄に修学旅行に行った時は、感受性の高い女子の集まりなので、ひめゆりの塔の前でみんなでわんわん泣いて、マッチョな担任の純ちゃんを困らせた。

3年生の1年間をかけて取り組んだ卒業制作展には、巨大な油絵、イラスト集、ポストカード、自分で撮影、出演、編集を手がけたムービーのインスタレーションまで作り上げ（若さってすごい）、熱中した3年間だった。私はそこで初めて芸術というものに触れ、ものづくりの感性に触れた。私はやり切った。

その後美大へ進学はせず、モデルを目指しながら、絵を売る生活を1人で始めたので、芸術に触れたのはこの時だけなんだけど。

その後、似顔絵イラストレーターになりたての頃、アーティストと描いた私の肩書きを見たディレクターに「そんなんでアーティストを名乗るな」と怒られて「こええ」と思ったが、今ならわかる。アーティストを名乗るには、程遠い。
私は芸術家ともアーティストとも決して言えないような人生だけれど、自分の作品を芸術だと視点を変えると、全てが鮮やかに見えるような気がするのだ。今の時代に生きる人々の生活に、心の中に、長く溶け込んでいくようなものを作りたいのだと思い出した。

表現とは、「自分」自身を表すこと。自分の内面にある葛藤や、強い想いを感情を伴わせながら主張するものだ。中心は「自分」にある。
それに対して、芸術は「作品」が中心だ。人に感動を与えたり、誰かに影響を及ぼしていく美の追究だ。人間の葛藤や苦しみなんて忘れてしまうくらい、時を忘れて没頭する永遠を感じる時間。そこにある種、感情は伴わないように思う。

どちらが正しい、とは思わないけれど、私は一体どちらなのだろうかと、考え込んでしまった。近頃、オンラインの世界に身を置いて文章を書いたり話したりしていた私は、美しさに圧倒され、触れた瞬間に時が止まってしまうような「芸術」に、しばらく触れていなかったのかもしれない。今朝まで、YouTube のチャンネル登録者数が減ったと目先の数字に惑わされてひどく落ち込んでいた自分を恥ずかしく思った。そんなこと、どうでもいい。教授の音楽を聴いていると、心が楽になって、段々と彼が亡くなったことに対する悲しみが少し、薄れていくような気がした。芸術は長い。ずっと、誰かの心の中で生きていくのだ。

私はこれからもきっと、表現と芸術の狭間《はざま》で行ったり来たりしながら生きていく。

私はどちらなのだろう
Art
芸術

人生は二人三脚

「うーん。しんどいぞ……」

ぼんやりした頭に、ズゥンと重たい首と肩。せっかく早めに目覚めたというのにスッキリしない朝。あちゃー。これってもしかして、低気圧ですかね？

布団にくるまったまま、そそくさとスマホのアプリで気圧状況を確認する。低気圧はもはや、調子が悪い日の自分を許せる免罪符のようなものだ。もし違った場合は、むむ、では満月ではあるまいか、いや不成就日か、と色々な角度から不調の理由を探してみる。こういう時は何かのせいにできるものがいくつかあると、ちょっと心が楽になる。

昨日だって、集中して原稿を書く日として押さえていたのに、頭も体も乗り切らず、なんだかパッとしないまま終了。そして今日もこの調子かと思うと、先が思いやられるぞ。「ここで集中して仕上げる！」と時間を確保していたのに、なんだかうまくいかない日のモヤッと感よ！　それならまだ、何も予定がない方が良かったのに。とほほ。

どうやら今日は、私が用意している不調の理由リストのどれにも当てはまらなかった。うーん、おかしいな。昨日なんかあったっけ。どこが始まりだったのかなんてわからないけど、固まった体を引きずりながらこの数日間を回想し、原因を探ってみる。ああ、もしかしてあれかな。


数日前、YouTubeの配信に書き込まれたちょっとしたコメントに気分がスンと下がった。悲しいかな、YouTubeなどをしていると、突然予期せぬタイミングでこういう事態に遭遇することがある。ショックで落ち込むというほどの内容でもない。でもそれは、真っ直ぐ前を向いていた私の頭を30度くらい傾けるには十分な出来事だったように思う。

ああ、それと、昨日知人に送ったメッセージに返ってきた言葉に、ちょっぴり違和感を覚えて、少しだけ心がヒンヤリ冷たくなったことかな。

そうやって考えてみると、調子が悪くなる時って、どでかい隕石《いんせき》がぶつかってくるというより、じんわりじんわり小さな打撃の積み重ねで、気がついたら落っこちていくってことなのかもしれない。膝カックンだって、毎日され続けたら倒れちゃうよねぇ。
こういう日に限って、うっかりSNSを開いて、なんだかうまくいってる人を見てしまった時の気分といったらない。自分は何も進まなかったのに、世界はこんなにも進んでる、救いようのないあの気持ち。あぁ、ちくしょう。お寿司食べたい。

というわけで、スーパーでお寿司を買ってきてもらいました。ありがたい。なんだかパッとしなかった日も、お寿司があるだけでなんとなく救われるから、そのパワーは偉大である。

でも、それだけだと「私、何もしてないわぁ……」と更なる自己嫌悪モードに陥りそうだったので、微妙に痛い頭を抱えながらふらふらと立ち上がり、なんとか有りもので生姜《しょうが》入りの豚汁を作ることにした。新玉ねぎをたっぷり入れた豚汁に、最後に生姜をすりおろして加え、ごま油を垂らす。あぁ、いい香り。こういう日はあったかい汁物が心に沁《し》みるのよねぇ。

そんな風に「自分からは創り出せない」日は、もう潔く諦めて人様が創り出した作品に浸るのがいい。それも、自己啓発のやればできる!!　みたいなやつじゃなくて、純粋な音楽や映画、漫画や本だ。こういう時の啓発系は、かえって心に良くない。一旦落ち着こうぜ。

ということで、今日はヨルシカのニューアルバム「幻燈」を聴きながら、高橋久美子さんの本『一生のお願い』の続きを読み、近由子さんの漫画『バツイチ2人は未定な関係』を読みました。結果、何だか少し心のもやが取れたような気分になり、やっぱり人が想いを込めて創った作品に触れるのはとてもいいなぁと思ったのでした。

私もそんな作品を書きたいし、描きたいのよ。心が弱っている夜に、そっと隣に置いておけるような。

とはいえ、それは簡単なようでいて、前向きでハッピーな言葉を綴るよりも実に難しい。良かれと思うアドバイスも、心が弱っている時は実に重荷だ。こういう時は、歳を重ねてきてよかったと思う。何も知らない最強な女子高生のままでいるのも楽しかったけど、あの頃は「もっとこうしたらいいじゃん！　なんでやらないの？」と強気な発言をしていただろう（お恥ずかしい）。

今日みたいな不調で動けない辛さとか、自分だけ進んでいないように感じる不安とか、人生の大きな決断にずっと悩み続けた日々とか、そういうものを体験しなければ、きっと誰かが弱っている時にそっと隣にいることはできない。自分が弱った時に初めて、人の痛みに寄り添うことができるのだと思う。

そうは思うのだが、自分の原稿を見ていると、私の言葉はどこか強いような気がしてしまう。きっと誰かの心にストレートに刺さり、一筋の光になる時もあれば、矢のようにプスッと穴を開けていく時もあるのかもしれない。それが私の個性なのかもしれないけど、願わくは、シャーマンが使う最終劇薬とかじゃなくて、傍に置いておけるスパイスくらいの優しい強さで在りたいのだ。そうね、例えば生姜みたいな。

今日の私が創り出したものは、生姜たっぷりの豚汁だけだったけど、そんな自分も嫌いではないのよ。

こういう日は1日でスパッと終わることもあれば、3、4日続くこともある。どうやら、今回は後者みたいだ。いよいよ「しんどいdays」も3日目に入り、やるべきことが全く進んでいない自分に負い目を感じて不安になってきた。おいおい、一生このままだったらどうすんの。このままじゃヤバイよ！

人生も39年目。調子が悪い日の経験なんて、三桁くらいあるはずにもかかわらず、この期に及んで往生際の悪い私は、毎度毎度なんとかしなくてはと、少しでも〝良いこと〟をしようと試みるのである。例えば、体に良さそうなサプリをガサッと飲んだり、ストレッチで全身をほぐしてみたり、足湯に長く浸《つ》かってみたり。ああ、でも私の最終兵器、漢方を切らしているではないか！

漢方とは、車で15分ほど離れた所にある、地元に愛されている漢方薬局で処方してもらった漢方薬のことである。そこの看板マダムはまるで魔法使いみたいで、背中にそっと手を当てるだけで、症状をぴたりと当て、最適な漢方を処方してくれるのである。私はそのマダムの魔法使いっぷりに衝撃を受けて以来、漢方を飲み続けていて、なるべく欠かさないようにしているのだ。

あぁ、漢方もらいに行きたいなぁ……。そう呟きながらフォームローラーで一生懸命太ももの筋膜を剝がす私は、だいぶ切羽詰まっている。その姿をニヤニヤしながら写真を撮る彼。どうやら、七転八倒している私が可笑しいらしい。

「ちょっと。そんな風に人を面白がってるけどさ、自分は調子悪い時どうするのよ？」

「うーん、寝る！」

なるほど、シンプルである。調子がいい時は動き回るし、回復したい時は寝る。確かに、RPGにおいては「冒険する」か「宿屋で寝る」のコマンドが基本だ。起きながら「フォームローラーを転がす」などというコマンドは存在しない。どうにかしようともがくより、早々に「本日閉店」と決め込んでスパッと寝てしまうのがいいのかもしれない。実際、こういう時は洗い物や洗濯、メールチェックなどの普段なら「やって当たり前」のこともできないしね。まして、下手に仕事に手を出すと、まだこんなことやってんの、おっそぉ！　とさらに自分を責めて自己嫌悪に陥るので、もうこういう時は何もしないのが上策だ。

気づけば寝てしまい、目が覚めると夕方になっていた。さっきまでそこにいたはずの彼の姿がない。どこに行ったのかなと思っていると、電話がかかってきた。

「もうすぐ帰るよ。お土産があるよ、AZちゃんが今一番欲しいもの」

何だろう？　今の私が欲しいものなんて、漢方くらいしかないけど？　と思っていたら、まさかの漢方薬局の袋を握りしめて帰って来た。正解！　それです！！！　思いがけないお土産に、全私がスタンディングオベーションをした瞬間である。

なんとまぁ、薬剤師さんと相談して、2週間分の漢方を処方してもらってきてくれたのである。「冒険」か「宿屋」のコマンドしかないような人なのに、私のこの名前のない不調を、どうにか理解しようとしてくれている。

大ちゃんは元々気が利く人だったのかと言うと、実はそんなことはない。学生時代から体育会系で行動派の彼は、風邪《かぜ》や不調とは無縁のタイプだった。当然、人の不調に理解を示す部類ではなく「そんなもんは甘えだ！」とバッサリ切り捨て、脱落者の屍《しかばね》を蹴って走るような根性論の人だったのである。

今もハッキリと覚えているのが、付き合いはじめの頃、1人暮らしをしていた私がインフルエンザになった時のことだ。突然の高熱に身動きが取れなかった私は、力を振り絞って「ぽ…ポカリ買ってきて……」と大ちゃんに頼んだ。すると、自販機で買った500ミリリットルのポカリを1本持って、やって来たのであった。

この時に比べると、彼はだいぶ進化したように思う。元々の行動力に気遣いがプラスされ、より気を利かせた行動をしてくれるようになったのだ。30秒で飲み切れるであろう500ミリリットルのペットボトルから、2週間分の漢方薬を処方してもらってくるまでに進化したのは、本当にすごいことだと思う。それはきっと、彼自身もこの数年間で体を壊す経験をしたり、自分の弱さや不調の辛さを知り、「し

進化した現在
ありがとオォ
ササササ
カンポー
アイス
いちご
最初の頃
ポカリ買ってきた!
前の自販機で買ったやつ
若かりし頃
終わった
ひえピタ
40℃

んどい」が多めな私と暮らすことで、人に寄り添えるようになったのだと思うと、なんだか誇らしい。うん、不調だって、悪いことばかりじゃないのだ。

その夜、先が見えない真っ暗闇のようだった不調のバロメーターが、コツンと底をついたような気がした。「しんどいdays」も折り返しかぁ。ここからはきっと、ゆっくりと上り調子になる。何となく、そんな予感は当たるものだ。

不調の入口も出口も、じんわりと突然にやってくる。先が見えない真っ暗闇も、底をつけばやがて折り返すのだ。そんなタイミングを信じつつ、不調な期間もお寿司や豚汁をつまみつつ、助け合いながら、のんびり構えて楽しめたらいいなぁ。

人生は、自分との二人三脚。どれだけ頑張ったって、もう1人の私がついてこないこともある。先を行く私が「もっと早く行こう!」といくらけしかけても、後を追う私が「ちょっと無理」と座り込むことだってある。頭では分かっていても、気持ちや体がついていかない日はあるのだ。まぁ、それでも、またゆっくり立ち上がって進めばいいのよ。

翌朝、目が覚めると少しだけ体が軽くなっていた。段々と晴れやかになってきたことを全身で感じて嬉しくなる。きっと、心があったまったおかげだ。片付けをしたら、原稿執筆に戻ってみよう。

昨夜の豚汁が、全身をほっこりと温めてくれた。

おふくろの味

「ねぇ、うちのおふくろの味って、なんだと思う?」

「え。なんだろう……」

母に突然そう聞かれた時、私は咄嗟に答えられなかった。

ちなみに、母は料理をしない人ではない。むしろ、いわゆる料理上手。多彩で器用な人だ。そんな母が作ってくれたメニューを挙げればキリがない。カレーに唐揚げ、ハンバーグなどの定番料理はもちろん、魚の煮付けや肉じゃがなどの和食、コロッケやミネストローネなど、洋風の料理までなんでもござれだ。私が外国に興味を持ちはじめた頃には、インドカレーだクスクスだ、生春巻きだと、どんな外国料理をリクエストしてもサササッと作ってくれる母は、とてもカッコよかった。

特に、トロトロになった牛肉とデミグラスソースの仕上げに生クリームをサッとかけたビーフストロガノフは、小学生の頃の私にとって、自慢の母の料理だった。なんだか高級そうな珍しい洋食とあって、「うちのお母さんのビーフストロガノフは美味《おい》しいんだよ！」とクラスメイトに自慢しては、なんだかお金持ちになったような気分でいたのである。

「おふくろの味」と聞くと、大抵はカレーとか煮物とか、決まった母だけの味というものがあるような気がするのだが、我が家は同じ料理でも毎回お決まりで出てくるわけではなく、母がその時の気分でアレンジを利かせてくるので、いざおふくろの味……と聞かれると、一体どれなのかよくわからないのだ。

それに比べ、父のおふくろの味は決まっている。父のおふくろといえば、私の祖母にあたるのだが、祖母はカレーか焼きそばの2択のレパートリーしか持たない。「俺はカレーと焼きそばだけ食ってきたからな」「海の家じゃん！」とよくゲラゲラ笑ったものだが、にんにくを丸ごと1つ入れたカレーと桜エビをバッサバサと入れた焼きそばは、確かに父のおふくろの味だったのだろう。

我が母は、そんな風に決まった味を持たない。とはいえ何を作らせても美味しい。「なんでも作ってくれたからねぇ。特にこれっていうのはないかな。あ、待って。チキンライスだ！」私がそう言うと「え、そうなのぉ？」どうやら期待していた答えとは違ったようで、母はトホホの顔文字みたいな顔をした。

チキンライスといっても、シンガポールのではない。小さな賽《さい》の目切りにした鶏肉、みじん切りにした玉ねぎ、にんじんを炒《いた》めてケチャップで味付けした、いわゆる素朴なあれだ。私の口から出てきたおふくろの味は、堂々のお金持ちメニューであるビーフストロガノフを抑え、シンプルに炒めたご飯だったのである。あれだけ凝ったものを色々作ってきたにもかかわらず、「炒めご飯」をおふくろの味認定されたら……と思うと、母のトホホ顔も頷《うなず》ける。

そんなおふくろの味、チキンライスは、決まって休日のお昼ご飯に作られた。私は3人姉弟の長女で弟が2人いるのだが、権力を握っていたのは、もちろん長女の私である。そんなつもりはなかったのだが、弟に「あーちゃんは仕切り屋だし」（弟はいまだに私をあーちゃんと呼ぶ。なんだかほっこりする）と言われたので、きっと逆らったら泣きを見る、絶対王権だったに違いない。

そんな中、たまに3人それぞれ好きな味付けで炒めご飯を作ってくれる日があった。いつも姉に覇権を握られがちな弟2人も、この時だけは自分の好きなものを食べられる大サービスデーなのでウキウキしていた。

味付けはそれぞれ、私はチキンライス、上の弟はチャーハン、下の弟はドライカ

母はいつも
このカウンターに
いた。
ふー
もくもく…
弟(上)
弟(下)
うまー!!
チャーハン
チキンライス
ドライカレー
姉

レーと決まっていた。今ならわかる。これがめちゃくちゃ大変だったってこと。冷やご飯を炒めるとか、みじん切りの玉ねぎを使うという工程は同じだけど、順番に味付けが変わるので、フライパンを2回も洗わなくてはならないじゃないか！　チャーハンから炒めたら楽だろうに、順番は決まって下の弟のドライカレーからはじまるのだ。3人が喧嘩にならないようにという母のアイデアだったのであろう。チキンライスの味が好きだったのはもちろんだが、3人それぞれに好きな味の炒めご飯を作ってくれたことへの温かい思い出が勝る。きっと、弟2人にも「おふくろの味は？」と質問をしたら、それぞれ「チャーハン」「ドライカレー」と答えるに違いない。特別な料理でも、決まった味でもないけれど、日常の中にあった母の気遣いそのものに、おふくろの味を感じていた。そんな私は未だに、冷凍のチキンライスをスーパーで買っては、1人昼間に食べるのを楽しみにしている。どうしても、自分で作る気にはならないんだよねぇ。

「ねぇねぇ、私の得意料理ってなんだと思う？」

私は彼のおふくろではないが、日々料理の腕を振るっている相手である大ちゃんに母と同じような質問を投げかけてみた。「え。なんだろう……」

「特にこれっていうのはないけど、たこ焼きかな！」

こともあろうに、私が母に答えたことと全く同じ意味合いの言葉が返ってきた。まぁ、確かに私の作るたこ焼きは美味しい。たこ焼き器を囲んであれこれお喋《しゃべ》りしながら、あれ入れよう、次はどんな味にしようか、と2人で楽しむその時間がきっと美味しぃんだと思うよ。「AZちゃんは毎日何作ってくるかわからないし、同じものを作っても毎回違うアレンジを加えてくるから」母と娘というのは、意識せずともこういうところが似てきてしまうものなのね。

「じゃあさ、大ちゃんのおふくろの味ってなんだったの?」と聞いてみると「すき焼き」と返ってきた。即答だ。確かに、私がいない日には、決まって1人でIH用の鍋を引っ張り出して、スーパーでいそいそと高そうなお肉をたんまり買い込んで、すき焼きをしている。すき焼きは特別な日に外へ食べに行くものというイメージがあった私からすると不思議な光景なのだが、私が3日間東京出張で不在、なんて時には、千載一遇の大チャンス! と言わんばかりに、3日間1人すき焼きをゆっくりと堪能しているのだ。

おふくろの味は、1人でそっと落ち着きたい時に味わうものなのかもしれない。

エッセイという生活

このエッセイは当初、短く完成された言葉をたくさん書き連ねる予定だった。いわゆる、みなさんに「よ、武将！」と言っていただけるような、強めのビシッ！ズギャーン！　という、してやったり感満載の言葉の数々。まさに「占い師AZ」である。

しかし、いざ意気揚々と書きはじめてみると、出来上がったのはどこかで読んだことのある、机上の空論の寄せ集めのようなスカスカの原稿の山だった。どっかの偉い人の名言のような、ぉぉ……いいこと言ってますね！　という精神論。なんかこういう本、うちの本棚にもあった気がするぞ。

今になって振り返ると、それは実際に現実で起こった具体的な出来事を全て省いて、抽象化された気づきの言葉だけを綺麗に並べていたからだったと思う。普段の生活の中でハッ！　と気づいたことから、美味しいエッセンスだけを抽出して、誰にでも当てはまる言葉にしてサーブする。まぁ、要するにカッコつけていたわけだ。

ハッキリ言って、こういうのは私が書かなくてもいい。

しかし、「引っ越し」によって自分の原点に立ち戻ったことをきっかけに、もうこの際、私の身に起こる全ての出来事を一切合切余すことなく、一言一句書いてみようじゃないか。そう思ってから、全てが変わったのだった。

パートナーとの他愛もない会話、少しのすれ違いでイライラして泣いたこと、夕飯が今日も作れなくて落ち込んだこと、また今日も低気圧で動けないとか、眠たいとか言い訳をして逃げていること。でも、お花の水換えができたから嬉しかったこと。そんな、人様に言うほどでもない、ごくありふれた日常の一瞬を逃さず言葉にした。

それは、出汁《だし》を取った〝黄金のスープ〟だけではなくて、出汁になったお野菜を手に入れる過程の全てをお見せするようなことだ。これまで、それをまるでないもののようにして、抽出された上澄みの〝黄金のスープ〟だけを書いていたようなものなのだが、実は鍋の底の沈澱したクズ野菜の中に、私が求めていた本当の私がいたのだ。それはご覧の通り、ゆるゆるのクタクタなのである。これまで捨てちゃってたのね、もったいない。

正直、こんなカッコがつくまでの他愛もない日々や生活の徒然を書くことになるとは思わなかったというのが正直な気持ちだ。お恥ずかしいけど、めちゃくちゃ個人的なことばかりである。しかし、エッセイとは作家本人の日常や生活、妄想を自由に書き綴ったものだと聞いて、なるほどと思った。書きながら、ああじゃない、こうじゃない、と言いながら、散々逃げ回った末に自然と辿り着いたのが「エッセイ」そのものだったのである。「自由に生きる100の方法」とか「モテる女の100箇条」みたいな、私がこれまでエッセイだと思っていたものは、どうやら私が書きたかったエッセイではなかったみたいだ。

私はずっと、占いやスピリチュアルに関わる身でありながら、占い師という人を見るたびに、なんて生きている現実味がないのだろうと思っていた（失礼極まりない）。職業柄、どこか不思議な存在感をキープして、あまり身の上話や生活感を出したくないという気持ちもわかる。そんな姿を見て、「ねえ、占い師って本当に幸せなのかな。普段何してるのか謎だよね。素顔も素性もわからないような人に人生のアドバイスされたくないよねぇ」なんて言っていたが、それ、私のこと。特大ブーメランくらいました！

確かに、これまでの私は、どこか生活感がないと言われがちであった。それは、私がその部分を書かないできたからだろう。仕事に明け暮れつつも、結婚、出産、離婚なども経験し、一通り人生と呼ぶようなものを送ってきたが、私にはどこか生活が足りなかった。気をつけないと、思いっきり仕事人間になるか、いつ寝てんの？という浮世離れした人になってしまう。以前、「単身赴任だ！」と銘打って、1人で1Kの部屋を借り、仕事に集中したことがあった。いまが頑張りどきだ！と思いっきり仕事してみた結果、私は思いっきり体を壊し、精神的にひどく落ち込んだ。人間は、仕事をするためだけには作られていないのだ。

でも、素顔も暮らしも見えない人から、一体人生の何を学ぶというのだろう。ましてや、エッセイを書きたいと思うような人間だ。エッセイとは、生活であり、人生なのだ。人間という生身の自分から逃げないことが、今の私にできる最大の自分への応援なのだと感じている。

今、私は生活を楽しみたいと思っている。生活とは、生きるための活動全てだ。それは料理であったり掃除であったり、身支度や引き出しの中を整えることも、庭仕事も。どこにでもある、なんてことのない暮らしだ。もちろん、そこに仕事や執筆活動も含まれる。

生活を楽しむと、仕事が生き生きと輝いてくるように思う。そして、表情や言葉にみずみずしさが増す。私は、生活をしている私が好きだ。暮らしを楽しめるかどうかは、人生そのものを左右するように思う。別に誰かに自慢するほどの生活じゃないけれど、それを楽しみ、書き続けることで、私が私を好きでいられるのだ。

地に足をつけた生活の全てが、きっとまた私を自由に羽ばたかせ、人生を鮮やかに彩ってくれるような気がしている。

私は今、そういう人生がいい。

生活の
中にエッセイが
あった。

これが私だ

「自信を持ってください」

「はい……」

東銀座、夕方4時。平成の香りが漂うモダンな喫茶店。大通りに面した店内は明るく広々としているというのに、私は1人、暗い表情で縮こまってちょこんと座っていた。

昨日、飛行機で徳島から東京に飛んできた。私は徳島に住みながら、月1ペースで都内へ来ている。打ち合わせはできれば顔を合わせたいので、都内に2、3日滞在しながらまとめて予定を入れる。そしてもう1つ大切なのは、都会の空気を吸うことだ。徳島に居続けると、自分が固定されていくような感覚がするので、時々東京に来てガツンと刺激を入れて目を覚ます。私は生涯、所在不明の女でいたい。

冷たい風が吹く1月の夕暮れ、私は買ったばかりの真っ白なアウターを羽織り、お気に入りのコーデでホテルを出て、足早に指定された喫茶店へ向かった。なんとなく、嫌な予感がしていたのだが、それは的中した。

「いい加減、自信を持ってください」

冷え切った紅茶のカップの向こうから熱く鋭い眼差《まなざ》しをこちらに向けている打ち合わせの相手は、千さん。この本の担当編集者である。テーブル越しに打ち合わせがはじまってから、もう2時間くらい経つだろうか。真っ直ぐ私を見つめる千さんの言葉が、私の脳ミソに浸透することのないまま、サラサラと通過していく。胸がサーッと灰色になっていくのを感じながら、一体、私は何を言われているのか考えた。紅茶に搾ったレモンの味が、やけに苦く感じる。

人間、生きていれば理解できないことはあるが、顔を突き合わせて話している相手から言われた言葉が理解できないことは、人生でそうそうあるものではない。

しかしいくら考えても頭は「?」でいっぱいだった。もう逃げたかった。いっそ、この人のせいにして。

「自分のうまくいかなさを、誰かのせいにして逃げるな。」というタイトルの本にしようと決めたのは、もう1年前のことだ。打ち合わせ場所は、渋谷のさくら坂にある喫茶店。あの時は私のパートナーである大ちゃんを紹介して、調子に乗って打ち合わせだというのにコーヒーの後にナポリタンまで食べた。「打ち合わせだからやめなよ」と常識的な大ちゃんに止められたけど、あのナポリタンは美味しかった。店内から桜が咲き誇る街の景色を眺めながら、3人の穏やかな笑い声が店内に溢れていた。あの時は良かった……。私もニコニコ顔で「そのタイトルにしましょう！私すぐ誰かのせいにしちゃうんですよねぇ！」なんて言っていたのに。今はどうだ。出来が悪い原稿しか上げてこない私を前に、痺れを切らした千さんの漆黒の眼光が鋭く突き刺さってくる。怖い。怖すぎる。40代目前にして、こんなに真正面から叱られることってあるのだろうか。

「自信を持ってください」

しかも、千さんはひたすらにその言葉を繰り返す。自信を持つって、何に。もう十分書いたよ。書きました！　千さんの言っていることが、私には理解できなかった。もういっそ「書けません」と言って、全部なかったことにしたい。私は、追い詰められていた。いったい何をしているのだろう。

自分で言うのもあれだが、私は受け取り力が強い方だと思う。感受性が鋭いと言おうか、相手が望むものを理解するのは速い方だ。例えば、原稿を「こんな風に書いて欲しい」と言われればイメージはできるし、「今年の運勢についてアドバイスを」と言われたらリクエストに応える。多分、ＯＫをもらい慣れている。しかし、千さんはどうだ。

「ＡＺさんに必要なのは自信だけです」

「そのまんまのＡＺさんで自由に書き切ってください！」

「えと、文字数はどれくらいで……」「とにかく思いつくままに書いてください！」「では各章のテーマは……」「枠を決めないでまず書いてください！」

こうして私は、無限の彼方に放り込まれた。ブラックホールだ。一体何を言っているのだ。私にオーダーをくれ。そう、私はエッセイというものを、エッセイストというものを、この時点で全く理解していなかった。

途方に暮れた私は、「私を文豪だと思わないでください……素人《しろうと》なんです……」と泣きを入れた。そう、多分千さんは、私のことを文豪だと思っている。いや、圧倒的にそんなはずはないのだが、千さんがこれまで担当してきたのは、実に名だたるプロの作家ばかり。きっと、こんな逃げグセがある女を担当するのは初めてなのだ。「今までで一番大変です」と言わせてしまったので大変申し訳ないと思うが、本作でエッセイストデビューなのである。

私は、得意の受け取り力で、千さんが求めているものを感じ取ろうとした。しかし、いくら要望を受け取ろうとしても、千さんは私に何もオーダーをしない。こういうものを書いてくれ、とかもっとこう、とアドバイスをするのでもなく、そのままのAZさんを書いてくれ、と言い続ける。既にメニューが決まっている定食屋で、店員に向かって「今あなたが作りたいものを」と言っているのと同じだ。無理だ。できやしない。私はそもそも、自ら進んで書きたいものがあるわけじゃない。メニューの多い定食屋だ。看板メニューがあり、客のオーダーがあり、私はそこに応えている。私が率先して作りたいものなんて、ありもしないんだから……。

でも、実は私は知っていた。オーダーに応えるだけの自分にはもうほとほと疲れていて、本当の「私」を見て欲しいとずっと思っていたことを。その証拠に、最初はなんでも喜んでオーダーを受けても、それに答え続けると、だんだん疲れて最後はいつも参ってしまう。

「本当の私を見て」

エッセイ
書きませんか？
へ？
ドッ
Tさん

その小さな声は、私自身にも拾われることなく、月日が過ぎていった。私はその声なき声を、ストレスを発散するが如く、大して数字も伸びてないブログにこそこそと書き綴っていたというわけだ。華々しい都会のネオン街のビルの隙間でうずくまるようにして。

千さんは、そんな私の陰の存在を見抜いて「エッセイを書きませんか」と声をかけてきたのだ。

「私、霊能者の才能あるみたいなんです」と千さんは笑ったが、本当にそうなのだ。それを証拠に、私はこうしてエッセイストになった。自分でも全く予想しない形で。その人の中に眠る何かを呼び醒《さ》ます人なのかもしれない。きっと千さんと出会うことによって、担当した著者は奇しくも自らの新境地を切り開くことになるのであろう。私も、心の奥底に仕舞い込んでいた願望を見事に掘り当てられた1人だ。心のどこかではうっすら、わかっていた。もう「好かれる私」でも「必要とされる私」でもなくて、「これが私」をそろそろ出す時なのだと。

自分らしく生きてきたつもりだった30代も、冷静に振り返ってみれば、まだまだ誰かに必要とされる私のままで、自分らしさという城を作り上げていたと思う。しかし、年々そんな自分に違和感を持ちつつも、「これが私」と真正面から堂々と言えない私に、千さんは鋭くメスを入れてきた。そこからは、千さんと私のタイマンとも言えるやり取りが始まった。

「原稿できました！」

「本当にこれでいいですか？」

「あの……もっとこうした方がいいとか、OKとかNGとかないんですか？」

「AZさんの全身全霊はこれなんですよね？」

「うーん……」

「もういい加減、自信を持ってください」

隙をグサリと一突きされてKO。また、OKはもらえなかった。

千さんの今回のオーダーは言うなれば、まさに「100％私」を出してというものだ。私はこれまでの仕事だって、ずっと全力を出してきたつもりだった。しかし、それはあくまで先方のオーダーに「100％」の力で応えただけであって、「100％私」を出したわけではない。

しかし今回は、小手先でメニューの中からチャーハン唐揚げ定食を作れ、というのではなく、今あなたが作りたい最高の料理を全身全霊で作れというのである。私にはおふくろの味がないというのになぁ。

そんな私が「100％私」を書き出す作業は、実に難航を極めた。掘れば掘るほど、泳げば泳ぐほど、自分がどこへ向かっているのかわからない。そんな私の原稿は、時に強く、時に弱く、明るく暗く……縦横無尽に姿を変え続け、まさに混沌《こんとん》を極めた。まるで、この前たけのこ掘りをした時に見たとんでもないデカさのたけのこみたいだ。土からぴょこっと出ている頭は他と同じくらいなのに、掘れば掘るほどどねじ曲がり、異質な姿で深く地中に鎮座していた大たけのこ。あいつはとんでもなかった。

もはや私自身も、何を書いているのかわからないくらい、出して出して出しまくった。今キーボードを叩《たた》いているこの瞬間にも変わり続けている私を、書くことで捉えてきた。それは、自分が握りしめていた痛みを解放し、辛いことを昇華していくヒーリングだったように思う。

人から求められて自分を表現する人生だった私が、自らのエッセイを自分の手で書き、まとめあげる日が来るなんて。アイドルのように誰かに渇望されたわけでも、占いみたいに誰かの役に立つものでもない。私が私自身のことを、心の中の湖の水を丁寧に掬《すく》い上げるように書き綴った、全くもって個人的で傷つきやすい文章たち。

それは今まで、ブログの文章と文章の間に

と改行ボタンを3回押していた「余白」の部分だ。

この、何も書かれなかった空白の中に、本当の私がいる。

人から求められ、選ばれ、評価されることで自分の存在価値と自信を得てきた私の人生の中に、私はいなかった。求められなくなって初めて、自分と対峙《たいじ》することができた。

あぁ、これが私だ。やっと、何も持っていないそのままの自分を愛することができる。

私が一番欲しかったものは、すごい仕事を成し遂げることでも、強く生きることでもなくて、弱い私をそのまま引っ張り出してあげることだった。暗闇の中で、うずくまっていた私。あなたはそのままで、明るいところへ出ていって大丈夫。もう、大丈夫だよ。

私はエッセイストとしてこの本を最後まで書き切ることで、ようやく、私を信じることができる気がしている。

提出日は、明後日

20年ほど、ブログを書き続けていた。

イラストレーターだった時も、占い師になった今も。いや、もっと遡れば、小学生の頃から紙とペンを持って、自分の気持ちをしたためてきた。その時の自分が感じていた忘れたくないことを、隠れるように、でもどこかで誰かに見つけて欲しいと願いながら、書いてきた。それは誰かのためではない。ただ、私のために書き続けた避難場所だ。

ネットでの発信活動が主体の仕事となった今も、「ブログの中だけでは仕事っぽいことはするまい」と決めていた。ビューが伸びればそれはそれで嬉しかったけれど、さほど重要なことではない。その楽園は、何者かになりすぎた私が、何者でもない私に戻る唯一の場所だったのだ。

そんな私はこの本で初めて、気持ちを書く場所をウェブから本へと移した。縦書きの書籍との出会いだ。すると、これまでウェブでは気にならなかった、ありとあらゆる細かいことが気になり始めた。例えば、やたらタイトルや見出しを派手にしていたこと、文中に太字や罫線を入れて目立たせたり、ハートや顔の絵文字を使って、もの足りない気持ちを付け足すように代弁するクセがあること。

そして最たるものは、改行と余白だ。恥ずかしながら、私はこれを多用してきた。なんとなくカッコよさそうな気がして使っていたのだが、この本にも掲載されている私の最初の頃の文章でも、明らかにそれが目立つ。しかし、ウェブでは当たり前のそれらの飾り付けは、本の世界では一切通用しないのだと知った。こうして初めてエッセイと向き合いはじめた私は、衝撃を受けることになった。

書くことがない。いや、書けないのだ。

飾ることも、空白でカッコつけることもできなくなると、1ページにも満たない文字数で、毎回話が終わってしまう。

本を書くということは、これまでウェブの装飾や改行で誤魔化してきた、心のヒダを書くことなのだと知った。私はずっと文章を書いてきたつもりだったが、それはあくまでウェブの中だけでの話だった。書籍の洗礼を、受けた。

「本は悩みが多い人しか書けないものかもしれませんよ」そう、千さんは言う。「本のテーマは……今、AZさんが悩んでることがいいですね」とも。最初はその意味が全くわからなかった。悩んでいることを書くなんて。自分の中で結論を出せたことを「私がうまくいった方法」って書くんじゃないの？　なんて思っていたのだ。明らかに自己啓発本の読みすぎである。

しかし、書き進めるごとに、その意味がわかってきた。過ぎたこと、終わったこと、自分の中で解決したことは、書けないのだ。自分が更新されると、昨日まであったはずの書くことが忽然《こつぜん》と消えている。頭の中から綺麗さっぱり、悩みも文章も消えてしまうのだ。もう解決していることなんて「こうすることで、私はうまくいきました」の1行で終わってしまう。

実際、「今だ！」というその瞬間を摑まないと、文章なんて書けなかった。500文字、1000文字の話じゃない。もっともっともっと、書くのだ。明日にはもう、私の中にある火は消えてしまう。続きが出てこなくなる恐怖と、今という熱を帯びた時間との戦いだった。書けない時は全く書けないが、書くとなったら12時間部屋にこもっている、なんていう日も増えた。とにかく、今の私を出し切らなければならない。指が動くうちに、手が叩けるうちに。決まった時間に寝る、なんて無理。とにかく出し切ることに必死だった私は、元々規則正しい生活ではないが、普通のスケジュールで寝起きすることを諦めた。

そんな風に、ひたすらエッセイと向き合い続けると、驚くべき出会いがあった。文書が変わってきたのだ。日に日に、自分でも「これ私が書いたのか？」と思うような文章が、私の中から出てくるようになった。それは、これまで書いてきたことのない、見たことのない、本当の「私」との出会いだった。

それを一言で表現するならば、凪《なぎ》。強くもあり、弱くもある。陰陽の間の空間に、ひっそりと佇《たたず》む存在。これまで絵文字で感情をオーバーに盛って、改行で書き飛ばしていた、その繊細な余白の部分にいた、これまで無視してきた沈黙の私が浮かび上がってきたのだ。それは私にとって、今まで見えなかったオーラが見えるようになったことに近かった。まさに覚醒である。無言でそこにいた言語化されていなかった空白が、一気に熱を帯びた言葉になっていくごとに、今まで知らなかった自分の細胞の1つ1つが、鮮やかに見えてきたような気さえした。

書くことは「自分の隅々までを知る」ということなのだ。

メッセージ
本しめきり
Go Go
Be you
STEP BY STEP
08:00
my Desk

最後に、千さんはこうも付け加えた。

「AZさんは、じゃんじゃん本を書く人になりますよ！」

初めて「本を出しませんか」と声をかけてくださったその頃には全く受け取ることができなかったその一言は、今私の胸にしっかりと焼き付いて、離れない。余白の中で出会った本当の私を、もう見て見ぬ振りをすることはできないのだ。

この本は、この本ができるまでの過程をそのまま書きました。「本ができるまでを書いた本」なんて不思議かもしれないけど、今まさに壁にぶち当たり、悩んでいることしか書けないのが私だ。最初はパートナーシップと引っ越しについて悩んでいたので、そのリアルな日々を赤裸々に書いてきたけれど、書いている途中で引っ越しは予想外の展開を迎え、無事解決を迎えた。すると悩みは消え去ったので、書くことがなくなった。その後はこの本との格闘の日々だったわけで、まさに今私が悩んでいることを、そのままに、この本で書き記してここまで来た、というわけである。

私はこれからも、今ぶち当たっている壁を、言葉にならない余白を、きっと書き続けるのだろう。いつか書店の本棚に著者の名札が付いた暁には、千さんを「私をエッセイストに導いた人。ちなみに霊能力者」として紹介させてもらおう、と心に決めているのだ。

これまで何度も「自信を持って出してください」と言われ続けてきた私だったが、最後の最後で自信を持って、「これでお願いします」と原稿を出せそうな気がしている。

提出日は、明後日だ。

おわりに

深夜1時半。

近所のファミレスの隅っこの席で、私はテーブルいっぱいに原稿を広げていた。これまで書いてきた原稿を全部印刷してまとめたら、なんだか外で読みたくなってしまったのである。「そうなの……遅いから気をつけてね」ソファで寝落ちした大ちゃんは、一言だけ言い残して、また寝落ちした。

分厚い原稿をクリップで束ね、ヘッドホンをトートバッグに押し込んで、自転車で家を出た。執筆中にいつも聴いていたプレイリストをループ再生しながら、原稿に目を通す。

「もうすぐラストオーダーですが……」

ちょうど全てを読み終わった頃、目の前にやってきた店員さんの声にハッとした。

そうか、今はもう24時間営業じゃないのね。最後に小さなチョコバナナパフェをご褒美に食べて、私は店を出ることにした。

5月の生暖かく湿った風が、頬を吹き抜けていく。誰もいない静まり返った道を自転車で走っていると、まるで世界に私だけしかいなくなったみたいだ。

カレークリームパスタを食べたファミレス、執筆をしたコインランドリー、そして、入れ替え引っ越しをしたアトリエと、私の家。

通りすぎてゆく街の景色がエンドロールのように感じられるのは、この本と過ごす時間が終わりに近づいているからだろうか。

私が書いてきたのは、両手に収まってしまうんじゃないかというくらい、ごく個人的な、小さな世界で起きたことだった。その狭い世界で起きた小さな出来事たちを、本にして広く世の中へ放とうとしていることが、なんだか不思議に思えた。

家に着くと、鳥の鳴き声が聞こえはじめた。もうすぐ、夜が明ける。

本を書くという作業は、一言で「楽しいです」と表せるものではなかった。でも、文章が溢れるように出てきた時、自分で書いた原稿を読んで、ニヤリと笑ったり、少し泣きそうになった時。私は孤独じゃなく、満たされていた。

「ああ、私はこの本を愛しているなぁ」

今、胸にあるその確かな実感が、きっとこれからの私の自信になっていく。

人はきっと、苦しくても、逃げて悩んでぶつかっても、もう一度向き合ってやり直すことで、愛と出会うことができる。


これまでたくさん自分を表現してきたつもりだったけど、この本で自分の表現方法を見つめ直す機会をいただいたことで、文章を書くことの意味、そして、これまで言葉にならなかった自分と出会うきっかけをいただきました。

恩人と呼ぶのは暑苦しいかもしれないけれど、余白の中で存在を消していた私を掬い上げてくださった千さんを、私はそう呼びたいと思います。

「AZらしい1冊」。そう、胸を張って言えるこの本を、世に送り出してくれること。本当に、本当に、ありがとうございます。


また、「普段のAZさん」を知る皆さんにとって、この本は思いも寄らないものだったかと思いますが（占い1つもないし！）これが私の、今の全部でした。

そして、この本と向き合ってきたこのプロセスそのものが、私が自分の活動を通して発信していきたい「私を愛するATOZ」なのだと思っています。

あなたが私をみつけてくれたから、私は今、ここにいます。

明日は本の中で待ち合わせしましょうか。それとも、YouTubeの中でお話ししましょうか。それはまた、明日の気分で決めましょうか。いつだって、今が一番大事なんだから。またあなたにお会いできることを、楽しみにしています。

本当に、本当に、ありがとうございました。

私もまだみつけていなかった、私をみつけてくれる誰かがいる。

だから、この世界はとても美しい。

AZ

愛と感謝を込めて（スペシャルサンクス）

全ての原稿を書き終わって、私は安堵していた。もう、本当に書くことがないよーーーというくらい、ぎゅぎゅっと絞りに絞り出した私のカケラ達。やり切った……！　そんな気持ちでいっぱいで、「うむ、我が人生に悔いなし」と思っていた。しかし、そんなカラッと晴れた夏の沖縄の空のような気持ちの中で、どこか胸につかえたまま、どうしても書けていなかったことがある。息子のことだ。

私は元夫との間に一男をもうけており、すでに離婚している。息子は元夫とその家族達と暮らし、すくすく成長している。私は同居こそしていないものの、月に1度は会い、写真やメールのやり取りで、彼の成長を私なりに見守っている。

子供がいるから離婚をしない、という考えから降り、子供は母親がそばに居ないとかわいそう、という世間になんとなくこびり付いた雰囲気から降り、実家の傍で暮らすとか孫の顔を見せるとか、そういう親孝行からも降りに降りまくった私は、全く自慢できる母ではないのだが、我が子のことは本当に可愛い。その気持ちに嘘はない。

先日の母の日に、自分のお小遣いで花を買ってくれると言い出した時は、花屋さんで不覚にも大泣きしてしまった。「ママ、何がいい？」と言われ、私は泣きながら芍薬《しゃくやく》を選んだ。お母さんらしいことをできていなくてごめん、ありがとう、愛してるよ、が全部混ざってごちゃごちゃになった。泣きすぎの私に息子はちょっと引いていたかもしれないけど、とても誇らしげな顔をしていて、なんだかそれも嬉しかった。芍薬が特別な花になったこの日のことは、多分一生忘れないと思う。

「恋愛したら結婚をして、結婚したら子供を産んで、子供を産んだら子育てに専念して、子供のために離婚はしない」

令和になった今でも、結婚、離婚、子育てに対する態度は、女の生き方は、従来の〝正しさ〟がいまだ塗りかわることなく、分厚い壁の如く存在しているように思う。そして、そこから外れた者はアウトローとして生きていくほかない。

正しさこそが愛なのだろうか。残念ながら、私はその答えを持たない。だからこそ、こんなことを正面切って書くのは、私だって怖い。

正直、今でも自分が正しいなんて1ミリも思ってはいない。息子と住まない選択をしたことを、全く後悔していないかと言えば嘘になる。だからと言って、あの時離婚を選んだことを間違っていたとも思わない。ただ、私はあの時そう決断し、今の生き方を選んだ。そして、それをいつか自分で誇れる人間になりたいと思って日々を過ごしているだけ、それだけなのだ。

「スペシャルサンクスの項を書かせて欲しい」と千さんにお願いをして、私は今この原稿を書いている。書きたいような、書きたくないような、私の個人的な出来事を、この本ではそのまま書いてきた。それでもどうしても書けなかったことが、先述した息子のことだ。私にとってスペシャルサンクスを最初に贈りたいのは、きっと息子なのである。いつか君がこの本を開いた時、どう思うのかはわからないけれど、君が生まれてくれたから私はこうして自分の人生と向き合うことができて、今ここにいるよ。

生まれてきてくれて、本当にありがとう。

……だめだ、文字数が足りない。感謝を贈りたい人がたくさんいて。私をここまで導いてくれた家族、友人、いつも私と共に歩んでくれるパートナーの大ちゃん。

そして、この本を一緒に生み出してくださった光文社の千美朝さん、素敵な装丁をしてくださったデザイナーの大口典子さん、丁寧な字で書き込みをしてくださった校正者さん、編集協力をしてくださったマトメガミさん、千さんと私を出会わせてくれたyujiさん。もう、書ききれないくらい、ありがとうがいっぱいです。

だから最後に1つだけ、この答えを書いて、この本を締めくくろうと思います。

実は以前、千さんから書いて欲しいことのリクエストをもらっていたのだった。
「人を愛するってどんなこと？」
アトリエの壁に貼られた、千さんとのやり取りメモの中にある一文。ピンクのペンで書いた走り書きの文字はすでに色褪《いろあ》せていて、この本の制作にかけた時間の厚みを思い起こさせる。実に千さんらしい、心のど真ん中に裸でタックルするような
この質問の答えを、私はまだ書いていなかった。

「愛するとは、逃げないこと」

私は今、そう思っている。

人間、生きていれば、人に自慢できないことも、後悔することも、触れて欲しくない痛みも色々こしらえて、傷だらけになっていく。そして、そんな自分に嫌気がさして、ひっそりと人生という表舞台から逃げてしまいたくなることもある。それでも、その傷をなかったことにしないで、見ないふりをしないで、全部、私と一緒に連れて行く。それが、愛することなのだと。


でもね、私はこうも思っている。いつも一緒にいるだけが愛じゃないんだって。ただ幸せになって欲しいと祈ることも、遠くから見守っていることも愛だし、もう会えない人も、なんなら会いたくない人のことだって、愛していい。人の愛を測ることなんてできないし、それが愛なのかどうかは、自分だけが知っていればいいことなのだから。

ああ、なんてシンプルだけど難しい。でも、その矛盾こそがきっと、愛なんだ。

これからも、どんな時も、私はそれを胸に生きていく。

こうして痛みと向き合いながら、傷ついた自分を許し、乗り越えていく作業は時に辛いけれど、その繰り返しの中で、やっと自分のことを、誰かのことを、愛することができていくような気がしている。私は今、その道を共に歩むパートナーがいることを、心から誇りに思っているよ。ありがとう、大ちゃん。

「縮めなくていいです！　素晴らしい。書き残したこと、ないですか？」

少し長くなってしまったかなぁと気にかけながら、ここまでの原稿を送ると、千さんはそう返事をくれた。私は、千さんのそういうところが大好きだ。大丈夫。多分、もう書き残したことはない。

親愛なる私、そしてあなたへ。
共に生きてくれてありがとう。
ありったけの愛と感謝を込めて、この本を贈ります。

2023年初夏　立葵《たちあおい》が咲く頃に　AZ

AZ（アズ）
1983年、神奈川県川崎市生まれ。モデル・似顔絵イラストレーターを経て、2014年に徳島へ移住し、占い師に転身。AZ式数秘術をベースに、自分らしく生きる方法をYouTube「AZチャンネル」で発信。「今が未来を変える」という信念のもと、未来を予言する占いではなく、今を生きる自分の力に気づくためのメッセージを届けている。占いを取り入れて暮らすライフスタイルを提案するブランド「ATOZ」をプロデュースするなど多方面で活躍中。著書に『数秘術の魔法』（主婦の友社）。本作が初のエッセイとなる。

私《わたし》もまだみつけていない私《わたし》をみつけた

2023年8月30日　初版第1刷発行

著者　AZ《アズ》
発行者　三宅貴久
発行所　株式会社 光文社
〒112-8011 東京都文京区音羽1-16-6
電話　ノンフィクション編集部 03-5395-8172
書籍販売部 03-5395-8116
業務部 03-5395-8125
メール non@kobunsha.com
落丁本・乱丁本は業務部へご連絡くだされば、お取り替えいたします。

イラスト　AZ
ブックデザイン　ニマユマ
組版　萩原印刷
印刷所　萩原印刷
製本所　ナショナル製本

　ISBN978-4-334-10023-0